Raj I

I svjetlost njegova bješe kao dragi kamen,
kao kamen jaspis svjetli.
(Otkrivenje Jovanovo 21:11)

Raj I

Čisto i Divno kao Kristal

Dr. Džerok Li

Raj I: Čisto i Divno kao Kristal autor dr. Džerok Li
Objavile Urim knjige (Predstavnik: Kyungtae Noh)
73, Yeouidaebang-ro 22-gil, Dongjak-gu, Seul, Koreja
www.urimbooks.com

ISBN: 979-11-263-0134-8 04230
ISBN: 979-11-263-0133-1 (set)

Prethodno objavila na korejskom jeziku Urim knjige u 2002.g.

Prvo izdanje, jul 2016.

Uredio dr. Geumsun Vin
Dizajnirao Urednički biro Urim Books
Štampa Yewon Printing Company
Za više informacija kontaktirati: urimbook@hotmail.com.

Predgovor

Bog ljubavi ne samo da vodi svakog vjernika na putu spasenja nego i otkriva tajne neba.

Makar jednom u životu, čovjek ima pitanja poput: „Gdje ja idem poslije života na ovom svijetu?" ili „Da li nebo i pakao zaista postoje?"

Mnogi ljudi čak umru prije nego što pronađu odgovore na takva pitanja, ili čak iako vjeruju u zagrobni život, svi ne spoznaju nebo zato što nemaju svi odgovarajuće znanje. Nebo i pakao nisu izmišljotina, nego realnost u duhovnom carstvu.

Sa jedne strane, nebo je tako divno mjesto da ne može biti upoređeno sa bilo čim na ovom svijetu. Naročito, ljepota i sreća u Novom Jerusalimu, tamo gdje je Božji prijesto smješten, ne mogu biti adekvatno opisani jer je on napravljen od najboljih materijala i sa nebeskom vještinom.

Sa druge strane, pakao je pun beskrajnog, tragičnog bola i neprestanog kažnjavanja; njegova strašna realnost je do detalja opisana u knjizi *Pakao*. Nebo i pakao postali su znani kroz Isusa i apostole, a čak i danas, oni se otkrivaju do detalja kroz Božje ljude koji imaju iskrenu vjeru u Njega.

Nebo je mjesto gdje Božja djeca uživaju vječni život, a nezamislive, prelijepe i čudesne stvari su pripremljene za njih. Tako da vi to znate do detalja samo kad vam to Bog dozvoli i pokaže.

Ja sam se sedam godina neprekidno molio i postio da bih saznao o ovom nebu i počeo da primam odgovore od Boga. Sada mi Bog pokazuje još i više dubljih tajni u duhovnom carstvu.

Zbog toga što nebo nije vidljivo, veoma ga je teško opisati jezikom i znanjem ovog svijeta. Mogu takođe postojati neki nesporazumi oko toga. Zato apostol Pavle nije mogao do detalja da opiše Raj na Trećem Nebu koji je on video u viziji.

Bog me je takođe naučio mnoge tajne o nebu, i ja sam mnogo mjeseci propovjedao o srećnom životu i različitim mjestima i nagradama na nebu u skladu sa mjerom vjere. Ipak, nisam mogao u detalje da propovjedam sve ono što sam naučio.

Razlog zbog koga mi je Bog dozvolio da obelodanim tajne duhovnog carstva kroz ovu knjigu je da bi spasio što više duša i odveo ih na nebo, koje je čisto i divno kao kristal.

Svu zahvalnost i slavu dajem Bogu koji mi je dozvolio da objavim *Raj I: Čisto i Divno kao Kristal,* opis mjesta koje je čisto i divno kao kristal, ispunjeno Božjom slavom. Nadam se da ćete razumijeti Božju veliku ljubav koja vam otkriva tajne neba i vodi sve ljude ka putu spasenja tako da ga i vi možete posjedovati. Takođe se nadam da ćete vi trčati prema cilju, vječnom životu u Novom Jerusalimu.

Zahvaljujem se Geumsun Vin, direktorki Izdavačkog biroa i njenom osoblju, i Prevodilačkom birou za njihov marljiv rad pri izdavanju ove knjige. Molim se u ima Gospoda da će kroz ovu knjigu mnoge duše biti spašene i uživati vječni život u Novom Jerusalimu.

Džerok Li

Predgovor

U nadi da će svaki od vas razumijeti Božju istrajnu ljubav, dostići cio duh i trčati prema Novom Jerusalimu.

Svu zahvalnost i slavu dajem Bogu koji je kroz izdavanje knjige *Pakao* i dvodjelne serije knjiga *Raj* vodio brojne ljude da ispravno spoznaju o duhovnom carstvu i trče prema cilju sa nadom za nebo.

Ova knjiga se sastoji iz deset poglavlja i omogućuje vam da jasno upoznate život i ljepotu, i različita mjesta nebeska, a i nagrade date u skladu sa mjerom vjere. To je ono što je Bog otkrio Svješteniku dr. Džeroku Liju uz inspiraciju Svetog Duha.

Poglavlje 1 „Nebo: Čisto i divno kao kristal" opisuje vječnu nebesku sreću gledajući njegov opšti izgled, gdje nema potrebe da sunce ili mjesec sijaju.

Poglavlje 2 „Edenski vrt i Nebeska čekaonica" objašnjava lokaciju, izgled i život u Edenskom vrtu, da bi vam pomoglo da bolje razumijete nebo. Ovo poglavlje vam takođe govori o Božjem proviđenju i Njegovom planu da stavi drvo spoznaje dobra i zla i duhovnoj kultivaciji ljudskih bića. Štaviše, ono vam govori o Čekaonici gdje spašeni ljudi čekaju do Sudnjeg dana, ujedno i o životu na tom mjestu, i kakvi ljudi ulaze u Novi Jerusalim odmah bez da čekaju tamo.

Poglavlje 3 „Sedmogodišnji svadbeni banket“ objašnjava Drugi dolazak Isusa Hrista, Sedmogodišnje Veliko Stradanje, Gospodov povratak na zemlju, Milenijum, i vječni život nakon toga.

Poglavlje 4 „Tajne neba skrivene još od stvaranja“ pokriva tajne neba koje će biti otkrivene u Isusovim alegorijama i govore vam kako da posjedujete nebesa u kojima ima mnogo mjesta boravka.

Poglavlje 5 „Kako ćemo živjeti na nebu?“ objašnjava visinu, težinu i boju kože duhovnog tijela, i kako ćemo mi živjeti. Sa raznim primjerima radosnog života na nebu, ovo poglavlje vas takođe podstiče da svim silama napredujete ka nebu sa velikom nadom za njim.

Poglavlje 6 „Raj“ objašnjava Raj koji je najniži nivo neba, pak mnogo više ljepši i srećniji od ovog svijeta. Takođe opisuje vrstu ljudi koja će ući u Raj.

Poglavlje 7 „Prvo kraljevstvo neba" objašnjava život i nagrade Prvog kraljevstva, koje će udomiti one koji su prihvatili Isusa Hrista i pokušali da žive po riječi Božjoj.

Poglavlje 8 „Drugo kraljevstvo neba" udubljuje se u život i nagrade Drugog kraljevstva u koje će ući oni koji nisu ispunili pobožnost u potpunosti već su izvršavali svoje dužnosti. Ono takođe naglašava važnost pokoravanja i vršenja dužnosti pojedinca.

Poglavlje 9 „Treće kraljevstvo neba" objašnjava ljepotu i slavu Trećeg kraljevstva, koje ne može biti upoređeno sa Drugim kraljevstvom. Treće kraljevstvo je mjesto samo za one koji su odbacili sve svoje grijehe – čak i gijrehe u njihovoj prirodi – sopstvenom snagom i pomoći Svetog Duha. Ono objašnjava ljubav Božju koji dozvoljava testove i iskušenja.

Na kraju, Poglavlje 10 „Novi Jerusalim" predstavlja Novi Jerusalim, najljepše i najslavnije mjesto na nebu, gdje je smješten Božji prijesto. Ono takođe opisuje vrstu ljudi koja će ući u Novi Jerusalim. Ovo poglavlje se zatvara davanjem nade čitaocima kroz primjere kuća dvoje ljudi koji će ući u Novi Jerusalim.

Bog je pripremio nebo koje je čisto i lijepo kao kristal za Njegovu voljenu djecu. On želi da što više ljudi bude spašeno i raduje se da vidi Njegovu djecu kako ulaze u Novi Jerusalim.

Ja se nadam u ime Gospodnje da svi čitaoci *Raja I: Čisto i Divno kao Kristalće* shvatiti Božju veliku ljubav, ispuniti cijelu dušu Božjim srcem, i energično trčati ka Novom Jerusalimu.

Gymsun Vin
direktorka Izdavačkog biroa

Sadržaj

Poglavlje 1

Nebo: Čisto i divno kao kristal

1. Novo nebo i nova zemlja

2. Rijeka vode života

3. Prijesto Božji i prijesto Jagnjetov

I pokaza mi čistu rijeku vode života,
bistru kao kristal,
koja izlažaše od prijestolja Božijeg i
Jagnjetovog,
nasred ulica njegovih.
S obe strane rijeke drvo života,
koje rađa dvanaest rodova
dajući svakog mjeseca svoj rod;
i lišće od drveta
biješe za iscijeljivanje narodima.
I više neće biti nikakve prokletinje;
i prijesto Božji i Jagnjetov biće u njemu,
i sluge Njegove posluživaće Ga;
i gledaće lice Njegovo,
i ime Njegovo biće na čelima njihovim.
I noći tamo neće biti;
i neće potrebovati videla od žiška
ni videla sunčanog,
jer će ih obasjavati Gospod Bog;
i carovaće va vjek vjekova.

Otkrivenje Jovanovo 22:1-5

Mnogi se ljudi čude i pitaju: „Rečeno je da možemo da imamo srećan vječni život na nebu – kakvo mjesto je to?“ Ako slušate svjedočenja onih koji su bili na nebu, možete čuti da je većina njih prošla kroz dugačak tunel. To je zato što je nebo u duhovnom kraljevstvu koje je mnogo različitije od svijeta u kome živite.

Oni koji žive u ovom trodimenzionalnom svijetu ne znaju do detalja o nebu. Vi znate o ovom čudesnom svijetu, iznad trodimenzionalnog svijeta, samo onda kada vam Bog kaže o njemu ili kada vam se duhovne oči otvore. Ako znate do detalja o ovom duhovnom kraljevstvu, ne samo što će vaša duša biti sretna, večće i vaša vjera brzo rasti i bićete voljeni od Boga. Prema tome, Isus vam je kroz mnogo alegorija otkrio tajne neba, a apostol Jovan detaljno objašnjava o nebu u Knjizi Otkrivenja.

Onda, koja vrsta mjesta je nebo i kako će ljudi tamo živjeti? Vi ćete na kratko pogledati u nebo, čisto i divno kao kristal, koje je Bog pripremio da vječno dijeli Njegovu ljubav sa Njegovom djecom.

1. Novo nebo i nova zemlja

Prvo nebo i prva zemlja koje je Bog stvorio bili su čisti i divni kao kristal, ali su bili prokleti zbog nepokornosti Adama, prvog čovjeka. Takođe, brza i velika industrijalizacija i razvoj u nauci i tehnologiji ukaljali su ovu zemlju, i sve više ljudi danas poziva na zaštitu prirode.

Zato, kada dođe vrijeme, Bog će staviti na stranu prvo nebo i prvu zemlju i objelodaniće novo nebo i novu zemlju. Čak iako je ova zemlja postala ukaljana i kvarna, još uvijek je potrebna za odgajanje iskrene djece Božje koja mogu i ući će u nebo.

Na početku, Bog je stvorio zemlju, i onda čovjeka, i odveo je čovjeka do Edenskog Vrta. On mu je dao maksimalnu slobodu i izobilje dozvoljavajući mu sve osim da jede sa drveta spoznaje dobra i zla. Čovjek je, pak, prekršio jedinu stvar koju je Bog zabranio i poslije je bio izbačen na ovu zemlju, prvo nebo i prvu zemlju.

Pošto je svemogući Bog znao da će ljudska rasa ići ka putu smrti, On je pripremio Isusa Hrista čak i prije samog početka vremena i poslao Ga dole na ovu zemlju u prikladnom trenutku.

Otuda, svako ko prihvati Isusa Hrista koji je bio razapet i vaskrsao biće pretvoren u novo biće i otići će na novo nebo i novu zemlju i uživaće u vječnom životu.

Plavi svod novog neba čist kao kristal

Svod novog neba koje je Bog pripremio je ispunjen čistim vazduhom kako bi ga napravio zaista čistim, nezagađenim i prozračnim za razliku od vazduha na ovom svijetu. Zamislite čisti i visoki svod sa jasnim bijelim oblacima. Koliko prelijepo i divno bi to bilo!

Onda zašto će Bog napraviti novi plavi svod? Duhovno, plava boja čini da osjetite dubinu, uzvišenost i čistotu. Voda je onoliko čista koliko je plava. Dok gledate u plavo nebo, možete osjetiti da vam je srce osvježeno. Bog je napravio da svod ovog svijeta izgleda plavo zato što je On napravio vaše srce čistim i dao vam srce da tražite Stvoritelja. Ako možete da priznate, gledajući u plavi, čisti svod: „Moj Stvoritelj mora da je tamo negdje gore. On je sve stvorio tako prelijepo!“ vaše srce će biti očišćeno i vi ćete biti prinuđeni da vodite dobar život.

Šta da je cio nebeski svod žut? Na mjesto da se osjećaju ugodno, ljudi će se osjećati nelagodno i zbunjeno, i neki će možda patiti od mentalnih problema. Slično tome, ljudski umovi mogu biti podstaknuti, osvježeni ili zbunjeni shodno sa različitim bojama. Zato je Bog napravio svod novog neba plavim i postavio je čiste bijele oblake kako bi Njegova djeca mogla da žive srećnije sa srcima koja su čista i divna kao kristal.

Nova zemlja nebeska napravljena od čistog zlata i dragog kamenja

Onda, kako će izgledati nova zemlja na nebu? U novoj zemlji nebeskoj, koju je Bog stvorio čistom i jasnom kao kristal, nema blata i prašine. Nova zemlja je sačinjena samo od čistog zlata i dragog kamenja. Koliko bi bilo fascinantno biti na nebu gdje su sjajni putevi napravljeni od čistog zlata i dragog kamenja!

Ova planeta je napravljena od zemlje, koja vremenom može biti promjenjena. Ova promjena vam omogućava da spoznate besmisao i smrt. Bog je dozvolio svim biljkama da rastu, rađaju plodove i umiru u zemlji tako da možete da shvatite da život ima kraj na ovoj zemlji.

Nebo je napravljeno od čistog zlata i dragog kamenja koji se ne mijenjaju zato što je nebo istinit i vječni svijet. Takođe, baš kao što biljke rastu na ovoj zemlji, one će rasti na nebu kada se posade. Međutim, one nikada ne umiru i ne propadaju za razliku od onih ovozemaljskih.

Šta više, čak i planine i zamkovi su napravljeni od čistog zlata i dragog kamenja. Koliko sjajno i prelijepo će to biti! Vi bi trebalo da imate iskrenu vjeru kako vam ne bi promakla ova ljepota i radost neba koja ne može biti adekvatno opisana nikakvim riječima!

Nestanak prvog neba i prve zemlje

Šta će se desiti prvom nebu i prvoj zemlji kada se pojave ovo divno novo nebo i ova nova zemlja?

> *Onda ja vidjeh veliki beijeli prijesto, i Onog što sеđaše na njemu, od čijeg lica bježaše nebo i zemlja, i mjesta im se ne nađe* (Otkrivenje Jovanovo 20:11).

> *I vidjeh nebo novo i zemlju novu; jer prvo nebo i prva zemlja prođoše, i mora više nema* (Otkrivenje Jovanovo 20:11).

Kada ljudima kultivisanim na ovoj zemlji budu presuđeno između dobra i zla, prvo nebo i prva zemlja će otići. To znači da oni neće kompletno nestati nego da će biti prebačeni na drugo mjesto.

Onda, zašto će Bog pomjeriti prvo nebo i prvu zemlju umjesto da se kompletno otarasi od njih? To je zato što će Njegovoj djeci koja žive na nebu nedostajati prvo nebo i prva zemlja ako ih kompletno ukloni. Čak iako su proživljavali muke i nevolje na prvom nebu i na prvoj zemlji, oni će im ponekad nedostajati jer je to nekad bio njihov dom. Tako, znajući ovo, Bog ljubavi ih pomjera u drugi dio univerzuma, i neće ih se kompletno otarasiti.

Univerzum u kome sada vi živite je beskrajni svijet i postoji mnogo drugih univerzuma. Tako će Bog pomjeriti prvo nebo i prvu zemlju u jedan ćošak univerzuma i dozvoliti Njegovoj djeci da ih posjećuju po potrebi.

Nema suza, tuge, smrti ili bolesti

Novo nebo i nova zemlja, gdje će živjeti djeca Božja spašena vjerom, nemaju ponovno prokletstvo i puni su sreće. U Otkrivenju Jovanovom 21:3-4, vi nalazite da na novom nebu nema suza, tuge, smrti, žalosti ili bolesti, zato što je Bog tamo.

> *I čuh glas veliki sa prijestolja, gdje govori: „Evo skinije Božije među ljudima, i živeće On s njima, i oni će biti narod Njegov, i sam Bog biće s njima Bog njihov. I Bog će otrti svaku suzu od očiju njihovih; i smrti neće biti viš; ni plača, ni vike, ni bolesti neće biti više; jer prvo prođe."*

Kako tužno bi bilo kada bi vi gladovali i kad bi čak i vaša djeca plakala za hranom zato što su gladna? Kakva korist bi bila ako bi neko došao i rekao: „Ti si tako gladan da liješ suze od gladi," i obrisao ti suze, ali ti ne bi dao ništa za jelo? Koja bi, onda, ovde bila prava pomoć? On bi trebao da vam da nešto za jelo tako da vi i vaša djeca ne gladujete. Samo posle toga će stati vaše suze i suze vaše djece.

Isto tako, reći da će Bog obrisati svaku suzu iz vaših očiju znači da ako ste spašeni i odete na nebo, tamo više neće biti nevolja i briga jer nema suza, tuge, smrti, žalosti ili bolesti na nebu.

S jedne strane, vjerovali vi u Boga ili ne, vi ćete na ovoj zemlji morati da živite sa nekom vrstom tuge. Ljudi ovog svijeta će puno žaliti čak i kad pretrpe i mali gubitak. Sa druge strane, oni koji vjeruju će žaliti sa ljubavlju i milošću za onima koji tek treba da budu spašeni.

Ipak, kada jednom odete na nebo, nećete morati da brinete o smrti, ili o grijehovima drugih ljudi i propadanju u vječnu smrt. Vi nećete morati da patite od grijehova, tako da ne može postojati nikakva tuga.

Na ovoj zemlji, kada ste ispunjeni tugom, vi jadikujete. Međutim, na nebu nema potrebe za jadikovanjem zato što tamo neće biti nikakvih bolesti ili briga. Postojaće samo vječna sreća.

2. Rijeka vode života

Na nebu, Rijeka vode života, čista kao kristal, teče po sredini velike ulice. Otkrivenje Jovanovo 21:1-2 objašnjava ovu Rijeku vode života, i vi morate biti srećni samo kad je zamislite.

> *I pokaza mi čistu rijeku vode života, bistru kao kristal, koja izlažaše od prijestolja Božijeg i Jagnjetovog. Nasred ulica njegovih i s obe strane rijeke drvo života, koje rađa dvanaest rodova dajući svakog mjeseca svoj rod; i lišće od drveta beše za iscijeljivanje narodima.*

Ja sam jednom plivao u veoma čistom moru Pacifika, i voda

je bila toliko čista da sam u njoj mogao vidjeti biljke i ribe. Bilo je toliko lijepo da sam ja bio srećan da budem u njoj. Čak i na ovom svijetu, možete osjetiti kako vam srce postaje svježe i čisto kad pogledate u čistu vodu. Koliko bi vi bili srećniji na nebu gdje Rijeka vode života, koja je bistra kao kristal, teče po sredini velike ulice!

Rijeka vode života

Čak i na ovom svijetu, ako gledate u čisto more, sunčeva svjetlost se odbija od talasa i predivno sija. Rijeka vode života na nebu izgleda plavo izdaleka, ali ako iz bliza gledate u nju, tako je bistra, divna, neuprljana i čista da je možete opisati: „bistra kao kristal."

Zašto, onda, ova Rijeka vode života izvire iz prijestolja Božjeg i Jagnjetovog? Duhovno, voda se odnosi na Božju riječ, koja je životna hrana, i vi dobijate vječni život kroz Božju riječ. Isus kaže u Jevanđelju po Jovanu 4:14: „*A koji pije od vode koju ću mu Ja dati neće ožedniti dovijeka; nego voda što ću mu Ja dati biće u njemu izvor vode koja teče u život vječni.*" Božja riječ je Voda vječnog života koja vam daje život, i zato Rijeka vode života izvire iz prijestolja Božjeg i Jagnjetovog.

Kakav će, onda, Voda vječnog života imati ukus? Ona je nešto toliko slatko da to ne možete da iskusite na ovom svijetu, i vi ćete se osjetiti pobuđenim kad se jednom napijete. Bog je dao vodu života ljudskim bićima, ali poslije Adamovog pada, voda na ovom svijetu prokleta je zajedno sa svim ostalim stvarima. Od tada, ljudi nisu mogli da probaju Vodu života na ovom svijetu. Vi ćete moći da je okusite samo pošto odete na nebo. Ljudi na ovoj zemlji piju zaprljanu vodu, i oni se okreću ka vještačkim pićima kao što su bezalkoholna pića umJesto ka vodi. Isto tako, voda na ovoj zemlji nikada ne može da da vJečni život, ali Voda života na nebu, Božja riječ, daje vječni život. Ona je slađa nego med ili kapljice meda iz saća, i daje snagu vašem duhu.

Rijeka teče po cijelom nebu

Rijeka vode života koja izvire iz prijestolja Božjeg i Jagnjetovog je isto kao krv koja održava vašživot time što cirkuliše kroz vaše tijelo. Ona prolazi po cijelom nebu tekući po sredini velike ulice, i vraća se do Božjeg prijestolja. Zašto, onda, ova Rijeka vode života prolazi po cijelom nebu tekući po sredini velike ulice?

Prvo, ova Rijeka vode života je najlakši put da se dođe do Božjeg prijestolja. Zato, da se ode u Novi Jerusalim, gdje je Božji prijesto lociran, samo pratite ulicu napravljenu od čistog zlata sa obe strane reke.

Drugo, u Božjoj riječi je put ka nebu, i vi možete ući u nebo samo kada pratite ovaj put Božje riječi. Kao što Isus govori u Jevanđelju po Jovanu 14:6: *„Ja sam put i istina i život; niko neće doći k Ocu do kroza Me,“* postoji put ka nebu u Božjoj riječi istine. Kada djelujete po Božjoj riječi, vi možete da uđete na nebo gdje Božja riječ, Rijeka vode života, teče.

Isto tako, Bog je napravio nebo na takav način da samim praćenjem Rijeke vode života, vi možete stići u Novi Jerusalim koji udomljuje Božji prijesto.

Zlatni i srebrni pijesak na obali rijeke

Šta će biti na obali Rijeke vode života? Vi prvo primećujete zlatni i srebrni pijesak rasijan na daleko i na široko. Pijesak na nebu je okrugao i tako mekan da se neće zalijepiti na odjeću čak iako igrate po njemu.

Takođe, tamo je mnogo udobnih klupa ukrašenih zlatom i nakitom. Kad sjednete na klupu sa svojim dragim prijateljima i vodite blažen razgovor, služiće vas dražesni anđeli.

Na ovoj zemlji, vi se divite anđelima, ali na nebu anđeli će vas zvati „gospodaru" i služiće vas kako poželite. Ako želite neko voće anđeo će doneti voće u korpi ukrašenoj nakitom i cvijećem i dodaće vam korpu u trenu.

Šta više, na obe strane Rijeke vode života je divno raznobojno cvijeće, ptice, insekti i životinje. Oni vas takođe služe kao gospodara i vi možete podijeliti svoju ljubav sa njima. Kako divno i lijepo je ovo nebo sa Rijekom vode života!

Drvo života sa obe strane rijeke

Otkrivenje Jovanovo 22:1-2 do detalja objašnjava drvo života sa obe strane Rijeke vode života.

> *I pokaza mi čistu rijeku vode života, bistru kao kristal, koja izlažaše od prijestolja Božijeg i Jagnjetovog. Nasred ulica njegovih i s obe strane rijeke drvo života, koje rađa dvanaest rodova dajući svakog mjeseca svoj rod; i lišće od drveta beše za iscijeljivanje narodima.*

Zašto je, onda, Bog postavio drvo života koje rađa dvanaest plodova sa obe strane rijeke?

Prvenstveno, Bog je htio da sva Njegova djeca koja uđu na nebo, osjete ljepotu i život neba. On je takođe htio da ih podsjeti da su oni uzgajali plodove Svetog Duha kada su radili po Božjoj riječi, baš kao što su mogli jesti hranu koja je nastala u znoju njihovih lica.

Vi ovde morate da shvatite jednu stvar. Rađati dvanaest plodova ne znači da jedno drvo rađa dvanaest plodova, nego dvanaest različitih vrsta drveta života rađaju svaki plod. U Bibliji možete vidjeti da su dvanaest izraelskih plemena formirana od dvanaest sinova Jakovovih i kroz ovih dvanaest plemena nacija Izraela je oformljena, a narodi koji prihvataju hrišćanstvo stvoreni su po cijelom svijetu. Čak je i Isus odabrao dvanaest učenika, i jevanđelje je propovjedano i prošireno svim nacijama preko njih i njihovih učenika.

Zato, dvanaest plodova drveta života simbolizuje da svako iz svakog naroda, ako prati vjeru, može da rađa plod Svetog Duha i uđe na nebo.

Ako jedete lijep i raznobojan plod drveta života, vi ćete biti obnovljeni i osjećaćete se srećnijim. Takođe, čim ga uberete, drugi će ga zamjeniti, tako da se nikad ne mogu potrošiti. Lišće drveta života je tamno zeleno i sjajno, i ostaće zauvijek tako jer ono nije nešto što otpada ili biva pojedeno. Ovo zeleno i sjajno lišće je mnogo veće nego lišće sa drveća ovog svijeta, i ono raste na veoma pravilan način.

3. Prijesto Božji i prijesto Jagnjetov

Otkrivenje Jovanovo 22:3-5 opisuje da je lokacija prijestola Božjeg i Jagnjetovog na sredini neba.

I više neće biti nikakve prokletinje; i prijesto Božji i Jagnjetov biće u njemu; i sluge Njegove posluživaće Ga; I gledaće lice Njegovo, i ime Njegovo biće na čelima njihovim. I noći tamo neće biti; i neće potrebovati videla od žiška, ni videla sunčanog, jer će ih obasjavati Gospod Bog, i carovaće va vjek vjeka.

Prijesto je na sredini neba

Nebo je vječno mjesto gdje Bog caruje sa ljubavlju i pravednošću. U Novom Jerusalimu, lociranom na sredini neba, nalazi se prijesto Božji i Jagnjetov. Jagnje se ovde odnosi na Isusa Hrista (Izlazak 12:5; Jevanđelje po Jovanu 1:29; 1. Petrova Poslanica 1:19).

Ne može svako da uđe na mjesto gdje Bog obično obitava. To mjesto je locirano u dimenziji različitoj od Novog Jerusalima. Božji prijesto na ovom mjestu je mnogo ljepši i sjajniji nego onaj u Novom Jerusalimu.

Božji prijesto u Novom Jerusalimu je gdje Bog Lično silazi kada Njegova djeca bogosluže ili imaju bankete. Otkrivenje 4:2-3 objašnjava kako Bog sjedi na Svom prijestolu.

I odmah bih u Duhu; i gle, prijesto stajaše na nebu, i na prijestolju sеđaše Neko. I Onaj što sеđaše beše po viđenju kao kamen jaspis i sard; i oko prijestolja beše duga po viđenju kao smaragd.

Oko prijestolja sjede dvadeset i četri starješine, obučeni u bijelu odjeću sa zlatnim krunama na njihovom glavama. Ispred prijestolja su Sedam Duhova Božjih i stakleno more jasno kao kristal. U centru i oko prijestolja su četiri živa bića i mnogo nebeskih domaćina i anđela.

Štaviše Božji prijesto je prekriven svjetlima. Tako je lijep, zapanjujući, fascinantan, veličanstven i ogroman da je van ljudske moći shvatanja. Takođe, na desnoj strani Božjeg prijestolja je prijesto Jagnjetov, našeg Gospoda Isusa. Svakako je različit od Božjeg prijestolja, ali Bog Trojstvo, Otac, Sin i Sveti Duh, ima isto srce, osobine i moć.

Više detalja o Božjem prijestolju biće objašnjeno u Drugoj knjizi o raju pod naslovom: „Ispunjenost Božjom slavom."

Nema noći i nema dana

Bog caruje nad nebom i univerzumom sa svojom ljubavlju i pravdom sa svog prijestojla, koji svijetli divnim i svetim svjetlom slave. Prijesto je na sredini neba i pored Božjeg prijestolja je prijesto Jagnjetov, koji isto sija svjetlom slave. Zato, nebu ne treba sunce ili mjesec, ili neko drugo svjetlo ili elektricitet da ga obasjava. Nema noći ni dana na nebu.

Uzgred rečeno, Poslanica Jevrejima 12:14 vas potstiče da: *„Mir imajte i svetinju sa svima; bez ovog niko neće vidjeti Gospoda."* Isus vam u Jevanđelju po Mateju 5:8 obećava da: *„Blagosloveni su oni koji su čistog srca, jer će Boga vidjeti."*

Zato, oni vjernici koji se oslobode sveg zla iz svojih srca i kompletno se povinuju Božjoj riječi mogu vidjeti Božje lice. Do granice do koje liče na Gospoda, vjernici će biti blagosloveni na ovom svijetu, i takođe će na nebu živjeti bliže Božjem prijestolju.

Kako srećni će ljudi biti ako mogu vidjeti Božje lice, služiti Mu i zauvjek sa Njim deliti ljubav! Međutim, baš kao što vi ne možete da direktno gledate u sunce zbog njegovog sjaja, tako i oni koji ne liče na srce Gospodovo ne mogu da vide Boga iz blizine.

Uživanje istinske sreće zauvjek na nebu

Vi možete uživati u istinskoj sreći u svemu što radite na nebu zato što je to najbolji poklon koji je Bog sa velikom ljubavlju pripremio za Svoju djecu. Anđeli će služiti djecu Božju, kao što se kaže u Poslanici Jevrejima 1:14: „*Nisu li svi službeni duhovi koji su poslani na službu onima koji će naslijediti spasenje?*" Međutim, pošto ljudi imaju različite mjere vjere, veličina kuća i broj anđela koji služe će varirati u skladu s time koliko ljudi liče na Boga.

Oni će biti služeni kao prinčevi ili princeze zato što će anđeli čitati misli svojih gospodara kojima su dodeljeni i pripremaće sve što ovi hoće. Šta više, životinje i biljke će voljeti Božju djecu i služiti ih. Životinje na nebu će se bezuslovno povinovati Božjoj djeci i ponekad će, da bi im ugodili, pokušavati da urade ljupke stvari zato što one nemaju zlo.

Kako je sa biljkama na nebu? Svaka biljka ima divan i jedinstven miris, i kadgod im Božja djeca prilaze, one ispuštaju taj miris. Cvijeće ispušta najljepše mirise za Božju djecu, miris se širi čak i do udaljenih mjesta. Miris se takođe obnavlja odmah nakon ispuštanja.

Takođe, dvanaest vrsta plodova sa drveta života imaju sopstveni ukus. Ako pomirišete miris cvjieta ili jedete sa drveta života, vi ćete postati tako osvježeni i srećni da to ne može da se uporedi ni sa čim na ovom svijetu.

Šta više, za razliku od biljaka na ovom svijetu, cvijeće na nebu će se smijati djeci Božjoj kada im prilaze. Ono će čak i igrati za svoje gospodare i ljudi će takođe moći da sa njim razgovaraju.

Čak i ako neko ubere neki cvjiet, on neće biti povrijeđen ili tužan, većće biti obnovljen moći Božjom. Cvijet koji je ubran iščeznuće u vazduhu i nestaće. Voće koje čovjek pojede će takođe iščeznuti kao prelijepi miris i nestaće kroz disanje.

Ima četiri godišnja doba na nebu i ljudi mogu da uživaju u njihovoj promjeni. Ljudi će osjećati ljubav Božju uživajući u posebnim karakteristikama svakog godišnjeg doba: proleće, ljeto, jesen i zima. Sada neko može da pita: „Da li ćemo ipak patiti od ljetnjih vrućina i zimskih hladnoća čak i na nebu?“ Vrijeme na nebu, međutim, formira savršene uslove za Božju djecu da pod njima žive, i oni neće patiti od vrelog ili hladnog vremena. Mada duhovna tijela ne mogu osjetiti hladno ili vrelo čak i na hladnim ili vrućim mjestima, oni ipak mogu osjetiti svjež ili topao vazduh. Tako da niko neće patiti od vrućeg ili hladnog vremena na nebu.

U jesen, Božja djeca mogu da uživaju u prelijepom opalom lišću, a zimi mogu vidjeti bijeli snijeg. Oni će moći da uživaju u ljepoti koja je mnogo ljepša nego bilo šta na ovom svijetu. Razlog zbog koga je Bog stvorio četiri godišnja doba na nebu je taj da dozvoli Njegovoj djeci da znaju da je sve što poželje spremno za njihovo uživanje na nebu. Takođe, to je primjer Njegove ljubavi da udovolji Svojoj djeci kada im nedostaje ova zemlja na kojoj su odgajani sve dok nisu postali Božja istinska djeca.

Nebo je u četvorodimenzionalnom svijetu koje ne može da se uporedi sa ovim svijetom. Ono je puno Božje ljubavi i moći, i ima beskonačne događaje i aktivnosti koje ljudi ne mogu ni da zamisle. Vi ćete saznati više o beskonačnom srećnom životu vjernika na nebu u poglavlju 5.

Samo oni čija imena su zapisana u knjizi života Jagnjetovoj mogu da uđu na nebo. Kao što je zapisano u Otkrivenju Jovanovom 21:6-8, samo onaj koji pije Vodu Života i postane Božje dijete može da nasledi kraljevstvo Božje.

> *Onda On mi reče: „Svrši se. Ja sam Alfa i Omega, Početak i Svršetak. Ja ću žednome dati iz izvora vode žive za badava. Koji pobjedi, dobiće sve, i biću mu Bog, i on će biti Moj sin. A strašljivima i nevjernima i poganima i krvnicima, i kurvarima, i vračarima, i idolopoklonicima, i svima lažama, njima je deo u jezeru što gori ognjem i sumporom; koje je smrt druga.“*

Suštinska je dužnost čovjeka da se boji Boga i da ispunjava Njegove zapovjesti (Knjiga Propovjednika 12:13). Tako da ako se ne plašite Boga ili prekršite Njegovu riječ i nastavite da griješite čak iako znate da griješite, vi ne možete da uđete na nebo. Zli ljudi, ubice, preljubnici, čarobnjaci i obožavaoci idola koji su van zdravog razuma definitivno neće otići na nebo. Oni su ignorisali Boga, služili demonima, i vjerovali u strane bogove prateći neprijatelja Satanu i đavola.

Takođe, oni koji lažu Boga i obmanjuju Ga, i govore i hule na Svetog Duha nikada neće ući na nebo. Kao što sam objasnio u knjizi *Pakao*, ovi ljudi će trpeti vječnu kaznu u paklu.

Zato, molim se u ime Gospodovo da ćete vi ne samo prihvatiti Isusa Hrista i dostići pravo kao dijete Božje, već i da ćete uživati u vječnoj sreći u ovom prelijepom nebu koje je tako čisto i divno kao kristal prateći riječ Božju.

Poglavlje 2

Edenski vrt i Nebeska čekaonica

1. Edenski vrt gdje je Adam živeo

2. Ljudi su odgojeni na zemlji

3. Nebeska čekaonica

4. Ljudi koji ne ostaju u Nebeskoj čekaonici

GOSPOD Bog
nasadi vrt u Edenu na istoku;
i onde On namjesti čovjeka, kog On stvori.
Iz zemlje
GOSPOD Bog učini,
te nikoše svakakva drveća
lijepa za gledanje i dobra za jelo;
i drvo od života usred vrta,
i drvo od znanja dobra i zla.

Postanak 2:8-9

Adam, prvi čovjek koga je Bog stvorio, živio je u Edenskom vrtu kao živi duh koji komunicira sa Bogom. Nakon mnogo vremena, međutim, Adam je počinio grijeh neposlušnosti tako što je jeo sa drveta spoznaje dobra i zla što je Bog zabranio. Kao ishod, njegov duh, gospodar čovjeka, umro je. On je bio istjeran iz Edenskog vrta i morao je da živi na ovoj zemlji. Sada su duše Adama i Eve umrle i komunikacija sa Bogom je prekinuta. Živeći na ovoj prokletoj zemlji, koliko li im je nedostajao Edenski vrt?

Sveznajući Bog znao je za Adamovu neposlušnost unaprijed i pripremio je Isusa Hrista, i otvorio put spasenja kada je došlo vrijeme. Svako ko je vjerom spašen, naslediće nebo koje ne može da se uporedi čak ni sa Edenskim vrtom.

Nakon što je Isus vaskrsao i uspeo se na nebo, On je napravio čekaonicu gdje će oni ljudi koji su spašeni čekati Sudnji Dan, dok sprema mjesto boravka za njih. Hajde da pogledamo u Edenski vrt i u Nebesku čekaonicu kako bi bolje razumijeli nebo.

1. Edenski vrt gdje je Adam živeo

Postanak 2:8-9 objašnjava Edenski vrt. To je mjesto gdje su nekada živjeli Adam i Eva, prvi čovjek i žena koje je Bog stvorio.

I nasadi GOSPOD Bog vrt u Edenu na istoku; i onde namjesti čovjeka, kog stvori. I učini GOSPOD Bog, te nikoše iz zemlje svakakva drveća lijepa za gledanje i dobra za jelo, i drvo od života usred vrta i drvo od znanja dobra i zla.

Edenski vrt je bilo mjesto gdje je Adam, živi duh, trebao da živi, tako da je moralo biti napravljeno negdje u duhovnom svijetu. Onda, gdje je danas zaista Edenski vrt, dom prvom čovjeku Adamu?

Lokacija Edenskog vrta

Bog je pomenuo „nebesa“ na mnogim mjestima u Bibliji da vam stavi do znanja da ima mnogo mjesta u duhovnom svijetu iznad svoda koji vidite golim okom. On je upotrebio riječ „nebesa“ da vam omogući da razumijete mjesta koja pripadaju duhovnom sijvetu.

> *Gle, GOSPODA je Boga tvog nebo, i nebo nad nebesima, zemlja, i sve što je na njoj* (Ponovljeni Zakon 10:14).

> *On je načinio zemlju silom svojom, utvrdio vasiljenu mudrošću svojom, i razumom svojim razastro nebesa* (Jeremija 10:12).

> *Hvalite Ga, nebesa nad nebesima i vodo nad nebesima!* (Psalmi 148:4)

Zato treba da razumijete da se „nebesa“ ne odnose samo na nebeski svod vidljiv za vaše golo oko. To je Prvo nebo gdje su smješteni sunce, mjesec i zvijezde, a postoje Drugo nebo i

Treće nebo koji pripadaju duhovnom svijetu. U 2. Korinćanima Poslanici 12, Apostol Pavle govori o Trećem nebu. Cijelo nebo od Raja do Novog Jerusalima je u ovom Trećem nebu.

Apostol Pavle je bio u Raju, što je mjesto za one koji imaju najmanju vjeru, i što je naj udaljenije od Božjeg prijestolja. I tamo je čuo o tajnama neba. Ipak, on je svjedočio da su to: „stvari o kojima čovjeku nije dozvoljeno da govori."

Onda, koja vrsta duhovnog svijeta je Drugo nebo? Ovo je drugačije od Trećeg neba, i Edenski vrt pripada ovdje. Većina ljudi misli da je Edenski vrt smješten na ovoj zemlji. Mnogo biblijskih učenjaka i istraživača je nastavilo arheološko istraživanje i studije po Mesopotamiji i oko gornjeg toka Eufrata i Tigra na srednjem Istoku. Međutim, za sada još ništa nisu otkrili. Razlog zbog kojega ljudi ne mogu pronaći Edenski vrt na ovoj zemlji je taj što je on na Drugom nebu koje pripada duhovnom svijetu.

Drugo nebo je i mjesto za zle duhove koji su izbačeni sa Trećeg neba nakon Luciferove pobune. Postanak 3:23 govori: *„I izagnav čovjeka postavi pred vrtom Edenskim heruvima s plamenim mačem, koji se vijaše i tamo i amo, da čuva put ka drvetu od života."* Bog je ovo uradio da spriječi zle duhove da dosegnu vječni život tako što će ući u Edenski vrt i jesti sa drveta života.

Kapije Edenskog vrta

Sada vi ne bi trebalo da razumijete da je Drugo nebo iznad Prvog neba, a Treće nebo iznad Drugog neba. Vi ne možete da razumijete prostor četvorodimenzionalnog svijeta i iznad njega sa razumijevanjem i znanjem trodimenzionalnog svijeta. Onda, kakva je struktura mnogih neba? Trodimenzionalni svijet koji vi vidite i duhovna nebesa izgledaju kao da su rastavljeni ali u isto vrijeme oni se preklapaju i spojeni su. Postoje kapije koje spajaju trodimenzionalni svijet i duhovni svijet.

Iako ne možete da ih vidite, kapije spajaju Prvo nebo sa Edenskim vrtom u Drugom nebu. Ima takođe i kapija koje vode do Trećeg neba. Ove kapije nisu smještene jako visoko, već uglavnom oko visine oblaka na koje možete da gledate dole iz aviona.

U Bibliji, vi možete da razumijete da ima kapija koja vode ka nebu (Postanak 7:11; 2 Knjiga Kraljeva 2:11; Jevanđelje po Luki 9:28-36; Dela Apostolska 1:9, 7:56). Tako da kada se kapija nebeska otvori, moguće je popeti se na različita neba u duhovnom svetu i oni koji su spašeni vjerom mogu da se popnu do Trećeg neba.

Isto je i sa Hadom i paklom. Ova mjesta takođe pripadaju duhovnom svijetu i ima kapija koje takođe vode ka ovim mjestima. Tako da kada ljudi bez vjere umru, oni će sići u Had, koji pripada paklu, ili direktno u pakao kroz ove kapije.

Duhovna i fizička dimenzija postoje zajedno

Edenski vrt, koji pripada Drugom nebu, je duhovni svijet, ali se razlikuje od duhovnog svijeta Trećeg neba. To nije kompletan duhovni svijet zato što može da postoji u isto vrijeme sa fizičkim svijetom.

Drugim riječima, Edenski vrt je srednja etapa između fizičkog svijeta i duhovnog svijeta. Prvi čovjek Adam je bio živi duh, ali je ipak imao fizičko tijelo napravljeno od prašine. Tako su Adam i Eva bili plodni i tamo su se množili, rađajući djecu kao što i mi radimo (Postanak 3:16).

Čak i nakon što je prvi čovjek Adam jeo sa drveta spoznaje dobra i zla i bio otjeran na ovaj svijet, njegova djeca koja su ostala u Edenskom vrtu i dalje žive do današnjeg dana kao živi duhovi, ne iskusivši smrt. Edenski vrt je veoma mirno mjesto u kome nema smrti. Vođen je Božjom moći i kontroliše se po pravilima i naređenjima koje je Bog stvorio. Mada tamo nema razlike između dana i noći, Adamovi nasljednici prirodno znaju vrijeme kada su aktivni, vrijeme za odmor, i tako dalje.

Takođe, Edenski vrt ima veoma slične karakteristike kao ovde na zemlji. Ispunjen je mnogim biljkama, životinjama i insektima. On takođe ima beskonačnu i prelijepu prirodu. Ipak, tamo nema visokih planina već samo niskih brda. Na ovim brdima, ima nekih zgrada nalik kućama, ali ljudi se samo odmaraju – ne žive – u tim zgradama.

Mjesto za odmor Adama i njegove djece

Prvi čovjek Adam je dugo vremena živio u Edenskom vrtu, bio plodan i povećavao svoje potomstvo. Pošto su Adam i njegova djeca bili živi duhovi, oni su mogli da siđu na ovaj svijet slobodno kroz kapije Drugog neba.

Zato što su Adam i njegova djeca duže vrijeme posjećivali zemlju kao mjesto svog odmora, vi treba da razumijete da je istorija čovječanstva veoma dugačka. Neki miješaju ovu istoriju sa šest hiljada godina dugačkom istorijom kultivacije čovječanstva i ne vjeruju u Bibliju.

Ako pogledate misteriozne stare civilizacije pažljivo, shvatićete da su nekada Adam i njegova djeca silazili na ovu zemlju. Piramide i Sfinga iz Gize, Egipat, na primjer, su takođe tragovi Adama i njegove djece koji su živjeli u Edenskom vrtu. Takvi tragovi, nađeni po cijelom svijetu, su sagrađeni sa mnogo savršenijom i naprednijom naukom i tehnologijom, nakon koje vi ne možete danas čak ni da imitirate modernim naučnim znanjem.

Na primjer, piramide sadrže čudesne matematičke proračune, i geometrijsko i astronomsko znanje koje možete samo da nađete i razumijete dodatnim studijama. One sadrže mnogo tajni koje možete razumijeti samo ako znate tačan položaj zvijezda i ciklus univerzuma. Neki ljudi posmatraju ove misteriozne antičke civilizacije kao tragove vanzemaljaca iz dalekog svemira ali sa Biblijom, vi možete da riješite sve nedoumice koje čak ni nauka ne može da razumije.

Trag Edenske civilizacije

Adam je u Edenskom vrtu imao znanja i sposobnosti nezamislive vrijednosti. To je bio rezultat toga da je Bog naučio Adama istinskom znanju, a takvo znanje i razumjevanje se nagomilalo i razvilo tokom vremena. Tako da Adamu, koji je znao sve o univerzumu i koji je ukrotio zemlju, nije bilo nikada teško da izgradi piramide i Sfingu. Pošto je Bog direktno naučio Adama, prvi čovjek je znao stvari koje vi još i sada ne znate i ne shvatate ih modernom naukom.

Neke piramide su izgrađene uz pomoć Adamove vještine i znanja, ali druge su gradila njegova djeca, dok su ostale gradili ljudi na ovoj zemlji koji su pokušavali da imitiraju Adamove piramide nakon mnogo vremena. Sve ove piramide imaju očigledne tehnološke razlike. Ovo je zato što je samo Adam ima Bogom dat autoritet da savlada sve kreacije.

Adam je dugo živio u Edenskom vrtu, povremeno je silazio na zemlju, ali bio je izbačen iz Edenskog vrta nakon što je počinio grijeh neposlušnosti. Međutim, Bog nije zatvorio kapije koje spajaju zemlju sa Edenskim vrtom neko vrijeme poslije toga.

Zato su Adamova djeca, koja su i dalje živjela u Edenskom vrtu, slobodno silazila na zemlju, i pošto su često dolazila, ona su počela da uzimaju ljudske kćerke za svoje supruge (Postanak 6:1-4).

Onda je Bog zatvorio kapije na nebeskom svodu koje spajaju zemlju sa Edenskim vrtom. Ipak, putovanje nije u potpunosti prestalo, već je potpalo pod strogu kontrolu kao nikada prije. Morate da shvatite da su većina misterioznih i nerješenih antičkih civilizacija tragovi Adama i njegove djece ostavljeni tokom vremena u kome su mogli slobodno da siđu na ovu zemlju.

Istorija ljudi i dinosaurusa na zemlji

Zašto su, dakle, dinosaurusi živjeli na zemlji ali su odjednom izumrli? Ovo je takođe jedan od važnih dokaza koji vam govori koliko je zaista stara ljudska istorija. To je tajna koja može biti riješena samo Biblijom.

Bog je ustvari postavio dinosauruse u Edenskom vrtu. Oni su bili mili, ali su bili izbačeni na ovu zemlju zato što su upali u Sataninu zamku tokom vremena u kome je Adam mogao slobodno da putuje tamo amo između ove zemlje i Edenskog vrta. Sada, dinosaurusi koji su bili primorani da žive na ovom svijetu morali su konstantno da traže stvari za jelo. Za razliku od vremena kada su živeli u Edenskom vrtu, gdje je svega bilo u izobilju, ova zemlja nije mogla da proizvede dovoljno hrane za dinosauruse sa velikim tijelima. Oni su pojeli svo voće, žitarice, biljke, a onda su bili na putu da pojedu i životinje. Oni samo što nisu uništili prirodno okruženje i lanac ishrane. Bog je konačno odlučio da više ne može da održi dinosauruse na ovoj zemlji, i istrebio ih je vatrom sa visina.

Danas se mnogo učenih ljudi slaže da su dinosaurusi živeli dugo vremena na ovoj zemlji. Oni kažu da su dinosaurusi živeli više od stotinu šezdeset miliona godina. Međutim, nijedna od tvrdnji ne objašnjava zadovoljavajuće kako su toliko mnogo dinosaurusa odjednom nastali, a potom odjednom izumrli. Takođe, ako su se tako veliki dinosaurusi razvijali tokom tako dugog vremena, šta bi oni jeli kako bi se održali u životu?

Prema teoriji evolucije, prije nego što se toliko vrsta dinosaurusa pojavilo, mnogo više vrsta živih bića nižeg nivoa je moralo da postoji, ali ipak ne postoji ni jedan dokaz o tome. Uopšteno, da neka vrsta ili porodica životinja izumre, ona se brojčano umanjuje tokom vremena i nestaje kompletno. Dinosaurusi su, međutim, odjednom nestali.

Učenjaci navode dokaze da se to desilo kao rezultat nagle promjene vremena, virusa, radijacije prouzrokovane eksplozijom druge zvijezde, ili sudara velikog meteora sa zemljom. Ipak, ako je takva promena bila dovoljno katastrofalna da ubije sve dinosauruse, trebalo je da i sve ostale životinje i biljke takođe izumru. Druge biljke, ptice, ili sisari su, međutim, svi živi čak i danas, tako da stvarnost ne podržava teoriju evolucije.

Čak i prije nego što su se dinosaurusi pojavili na zemlju, Adam i Eva su živjeli u Edenskom vrtu, i ponekad su silazili na zemlju. Vi treba da razumijete da je istorija zemlje veoma dugačka.

Djetaljnije o tome možete saznati u „Predavanjima o Postanku" koje sam ja propovjedao. Od sada pa na dalje, volio bih da vam objasnim ljepote prirode Edenskog vrta.

Prelijepa priroda Edenskog vrta

Vi udobno ležite na boku u ravnici punoj svježeg drveća i cvijeća, primajući svjetlost koja nežno obavija cijelo vaše tijelo, i gledate gore plavi nebeski svod gdje čisti bijeli oblaci plove i prave različite vrste oblika.

Jezero prelijepo sija pod padinom, a nježni vjetar koji sadrži slatke mirise cvijeća prolazi brzo kraj vas. Možete da vodite zanosne razgovore sa onima koje volite, i da osjetite sreću. Ponekad možete da ležite na širokim pašnjacima ili na gomili cvijeća i možete da osjetite da sladak miris nježno dodiruje cvijeće. Možete takođe da ležite u senci drveta, koje rađa mnogo velikih, ukusnih plodova, i da jedete plodove koliko god želite.

U jezeru i u moru ima mnogo vrsta šarenih riba. Ako želite, možete da odete na obližnju plažu i uživate u osvježavajućim talasima ili bijelom pijesku koji sija sa suncem. Ili, ako želite, možete i da plivate kao riba.

Krasni jeleni, zečevi ili vjeverice sa lijepim, sjajnim očima dolaze do vas i rade umiljate stvari. Na velikoj ravnici, mnogo životinja se igraju jedne sa drugima u miru.

Ovo je Edenski vrt, gdje je prepuno blagog mira i radosti.

Mnogo ljudi na ovom svijetu bi vjerovatno želilo da ostavi svoje užurbane živote i da imaju ovakav mir i spokojstvo makar samo jednom.

Život u izobilju u Edenskom vrtu

Ljudi u Edenskom vrtu mogu da jedu i uživaju koliko god žele čak iako ni za šta ne rade. Tamo nema nevolja, briga ili nespokojstva, i sve je ispunjeno samo srećom, uživanjem i mirom. Zato što sve vode Božja pravila i nalozi, ljudi tamo uživaju u vječnom životu čak iako nisu radili ni za šta.

U Edenskom vrtu, koji ima sličnu sredinu kao što ima i ova zemlja, postoji mnogo odlika ove zemlje. Ipak, pošto se nisu uprljali ili promjenili od vremena kada su napravljeni, oni zadržavaju svoju čistu i lijepu prirodu za razliku od njihovog dvojnika na ovoj zemlji.

Takođe, čak iako ljudi u Edenskom vrtu obično ne nose nikakvu odjeću, oni ne osjećaju sramotu i nisu skloni preljubništvu zato što nisu od griješne prirode i nemaju zlo u svojim srcima. To je kao kad se novorođena beba naga slobodno igra, potpuno nesvjesna i nezabrinuta onim što drugi mogu da misle ili kažu.

Okoliš Edenskog vrta je prikladan za ljude čak i ako oni ne nose nikakvu odjeću, tako da ne osjećaju nelagodnost što su goli. Kako dobro bi to bilo jer tamo nema ničeg poput škodljivih insekta ili bodlji koje mogu da oštete kožu!

Neki ljudi nose odjeću. Oni su vođe grupa određene veličine. Takođe, u Edenskom vrtu postoji red i pravila. U jednoj grupi postoji vođa i članovi mu se povinuju i prate ga. Ove vođe nose odjeću za razliku od ostalih, ali oni nose odjeću samo da pokažu svoj položaj, ne da se pokriju, zaštite ili ukrase.

Postanak 3:8 bilježi promjenu temperature u Edenskom vrtu: *„I začuše glas Gospoda Boga, koji iđaše po vrtu kad zahladni; i sakri se Adam i žena mu ispred GOSPODA Boga među drveta u vrtu.*" Shvatate da ljudi osećaju „zahlađenje" u Edenskom vrtu. Ipak, to ne znači da oni moraju da se znoje po vrelom danu ili nekontrolisano drhte po hladnom danu kao što bi činili na ovom svijetu.

Edenski vrt uvjek ima najugodniji nivo temperature, vlažnosti i vjetra tako da tamo nema nelagodnosti prouzrokovane promjenama vremena.

Takođe, Edenski vrt nema dan i noć. Uvjek je okružen svjetlom Boga Oca i vi uvjek osjećate kao da je dan. Ljudi imaju vremena za odmor, i oni razlikuju vrijeme za odmor i vrijeme kada da su aktivni po promjeni temperature.

Ipak, ova promjena temperature ne znači da će se ona drastično povećati ili smanjiti tako da ljudi odjednom osjete toplotu ili hladnoću. Ali će to učiniti da se komotno odmaraju na nježnom povjetarcu.

2. Ljudi su odgojeni na zemlji

Edenski vrt je toliko širok i veliki da vi ne možete da mu zamislite veličinu. On je oko milijardu puta veći od ove zemlje. Prvo nebo, gdje ljudi mogu da žive samo sedamdeset ili osamdeset godina, se čini bezgraničnim, protežući se od našeg sunčevog sistema do udaljenih galaksija. Koliko bi onda Edenski vrt, gdje se ljudi množe bez da vide smrt, bio veći od Prvog neba?

U isto vrijeme, nije važno koliko lijep, bogat i veliki je Edenski vrt, on nikada ne može biti upoređen ni sa jednim mjestom na nebu. Čak je i raj, koji je čekaonica na nebu, mnogo ljepše i veselije mjesto. Vječni život u Edenskom vrtu se mnogo razlikuje od vječnog života na nebu.

Zato, kroz pregled Božjeg plana i jednog broja postupaka u Adamovom izbacivanju iz Edenskog vrta i odgajanja na ovoj zemlji, vi ćete videti koliko se Edenski vrt razlikuje od Nebeske čekaonice.

Drvo spoznaje dobra i zla u Edenskom vrtu

Prvi čovjek Adam je mogao da jede sve što je hteo, pokori sva stvorenja i živi vječno u Edenskom vrtu. Ipak, ako čitate Postanak 2:16-17 Bog zapovjeda čovjeku: *„Jedi slobodno sa svakog drveta u vrtu; ali s drveta od znanja dobra i zla, s njega ne jedi; jer u koji dan okusiš s njega, umriječeš.*" Mada je Bog dao Adamu ogromnu vlast da pokori sva stvorenja i slobodnu volju, On je izričito zabranio Adamu da jede sa drveta spoznaje dobra i zla. U Edenskom vrtu, postoji mnogo vrsta živopisnog, lijepog i ukusnog voća koje se ne može uporediti sa onim na ovoj zemlji. Bog je ostavio svo voće pod Adamovu kontrolu, pa je on mogao da jede koliko je hteo.

Međutim, voće sa drveta spoznaje dobra i zla je bilo izuzetak. Kroz ovo, vi treba da shvatite da, iako je Bog već znao da će Adam da jede sa drveta spoznaje dobra i zla, On nije samo tako ostavio Adama da počini grijeh. Kao što su mnogi ljudi pogriješno protumačili, da je Bog hteo da testira Adama time što je postavio drvo spoznaje dobra i zla, znajući da će Adam da proba, On ne bi tako žustro zapovjedio Adamu. Tako vidite da Bog nije namjerno postavio drvo spoznaje dobra i zla da bi dozvolio da Adam jede sa njega ili da ga testira.

Kao što je napisano u Jakovljevoj Poslanici 1:13: „*Nijedan kad se kuša da ne govori: Bog me kuša; jer se Bog ne može zlom iskušati, i On ne kuša nikoga,*" Bog Lično nije testirao nikoga.

Zašto je, dakle, Bog postavio drvo spoznaje dobra i zla u Rajskom Vrtu?

Ako možete da se osjećate radosno, zadovoljno ili srećno, to je zato što ste osjetili suprotna osjećanja od žalosti, bola i uznemirenja. Po istom klišeu, ako znate da su dobrota, istina i svjetlost dobri, to je zato što ste iskusili i znate da su zlo, neistina i tama loši.

Ako niste osjetili ovu uslovljenost, vi u vašem srcu ne možete da osjetite kako su dobri ljubav, dobrota i sreća čak iako to znate u vašoj glavi jer ste tako čuli.

Na primjer, može li osoba koja nikad nije bila bolesna ili vidjela nekog bolesnog, znati za patnju bolesti? Ova osoba čak i ne bi znala da je biti zdrav relativno dobro. Takođe, ako osoba nikad nije bila u nevolji i nije znala nikog koji je u nevolji, koliko bi ona znala o siromaštvu? Ovakva osoba ne bi osjećala da je „dobro" biti bogat, bez obzira koliko ona bila bogata. Isto tako, ako čovjek nije doživio siromaštvo, njegov duh ne može biti istinski zahvalan iz dubine srca.

Ako čovjek ne zna vrijednost dobrih stvari koje ima, on ne zna vrijednost sreće koju uživa. Međutim, ako je čovjek osjetio patnju bolesti i tugu siromaštva, on će biti sposoban da bude zahvalan iz srca za radost koja proizilazi iz toga da je zdrav i bogat. Ovo je razlog zašto je Bog morao da postavi drvo spoznaje dobra i zla.

Zato su Adam i Eva, koji su istjerani iz Edenskog vrta, iskusili ovu uslovljenost i shvatili ljubav i blagoslove koje im je Bog dao. Samo tada oni mogu postati istinska Božja djeca koja znaju vrujednost istinske sreće i života.

Međutim, Bog nije namjerno navodio Adama da ide ovim putem. Adam je svojom sopstvenom voljom odabrao da ne posluša Božju zapovjest. Bog je, u lično Svojoj ljubavi i pravednosti, isplanirao ljudsko kultivisanje.

Božje proviđenje o ljudskom kultivisanju

Kada su ljudi Edenskog vrta bili istjerani otuda i počeli da se kultivišu na ovoj zemlji, oni su morali da iskuse svakojake patnje kao što su suze, tuga, bol, bolest i smrt. Ali to ih je odvelo da osjete pravu sreću i uživaju vječni život na nebu, na njihovu veliku zahvalnost.

Zato, to što nas je učinio Svojom istinskom djecom kroz ovo kultivisanje je samo primjer Božje čudesne ljubavi i plana. Roditelji ne bi mislili da je gubljenje vremena da obučavaju i ponekad kazne svoju djecu ako to može da pomogne i učini njihovu djecu uspješnom. Takođe, ako njihova djeca vjeruju u slavu koju će primiti u budućnosti, ona će biti strpljiva i prevazići će sve teške situacije i prepreke.

Isto tako, ako razmišljate o istinskoj sreći koju ćete uživati na nebu, biti kultivisan na ovoj zemlji nije nešto teško ili bolno. Umjesto toga, vi bi bili zahvalni za mogućnost da živite po

Božjoj ruječi zato što se nadate slavi koju ćete primiti kasnije.

Pa koga će Bog smatrati dražim-one koji su istinski zahvalni Bogu nakon što su iskusili mnogo muka na ovoj zemlji, ili ljude u Edenskom vrtu koji nisu zaista zahvalni za ono što imaju mada žive u tako lijepom i bogatom okruženju?

Bog je kultivisao Adama, koji je bio istjeran iz Edenskog vrta, i kultiviše njegove potomke na ovoj zemlji da ih učini Svojom istinskom djecom. Kada se ova kultivacija završi i kuće na nebu budu spremne, Gospod će se vratiti. Ako živite na nebu, vi ćete imati vječnu sreću zato što se čak i najniži nivo neba ne može uporediti sa ljepotom Edenskog vrta.

Zato, vi treba da shvatite Božje proviđenje u ljudskoj kultivaciji i težite da postanete Njegovo istinsko dijete koje djeluje po Njegovoj Riječi.

3. Nebeska čekaonica

Nasljednici Adama, koji nije poslušao Boga, osuđeni su da jednom umru, i posle toga da se suoče sa Strašnim Sudom (Poslanica Jevrejima 9:27). Ipak, duhovi ljudskih bića su besmrtni, tako da oni moraju da odu ili na nebo ili u pakao.

Međutim, oni direktno ne idu na nebo ili u pakao, nego ostaju u čekaonici na nebu ili u paklu. Onda, kakvo mjesto je čekaonica na nebu gdje borave Božja djeca?

Čovjekov duh napušta njegovo tijelo na kraju

Kada čovjek umre, duh napušta tijelo. Nakon smrti, svako ko

nije znao ovo biće veoma iznenađen kada on ili ona vidi potpuno istu osobu kako leži dole. Čak i ako je on vjernik, koliko čudno će biti odmah nakon što njegov duh napusti njegovo sopstveno tijelo?

Ako odete u četvorodimenzionalni svijet iz trodimenzionalnog svijeta u kome trenutno živite, sve je mnogo drugačije. Tijelo osjeća veliku svjetlost i osjećaćete se kao da letite. Ipak, vi ne možete da imate neograničenu slobodu čak i pošto vaš duh izađe iz tijela.

Baš kao i što mali ptići ne mogu odmah da polete iako su rođeni sa krilima, trebaće vam vremena da se prilagodite duhovnom svijetu i naučite osnovne stvari.

Tako da oni koji umru sa vjerom u Isusa Hrista u pratnji dva anđela odlaze do Višeg groba. Tamo uče o životu na nebu od anđela ili proroka.

Ako čitate Bibliju, shvatate da postoje dve vrste grobova. Praoci vjere kao što su Jakov i Jov kažu su da će otići u grob nakon smrti (Postanak 37:35; Jov 7:9). Korej i njegova grupa koji su bili protiv Mojsija, čovjeka Božjeg, živi su upali u grob (Brojevi 16:33).

Jevanđelje po Luki 16 prikazuje bogatog čovjeka i prosjaka po imenu Lazar koji odlaze u grobove nakon smrti, a vi shvatate da oni nisu u istom „grobu." Bogat čovjek mnogo pati u vatri dok Lazar počiva kraj Avrama negdje daleko.

Isto tako, postoji grob za one koji su spašeni, dok postoji i drugi grob za one koji nisu spašeni. Grob u kojem su završili Korej i njegovi ljudi, i bogat čovjek, je Had koji se takođe zove „Niži grob," koji pripada paklu, ali grob u kome je Lazar završio je Viši grob koji pripada nebu.

Trodnevni boravak u Višem grobu

U vrijeme Starog Zavjeta, oni koji su spašeni čekali su u Višem grobu. Pošto je Avram, praotac vjere, bio zadužen za Viši grob, prosjak Lazar je kraj Avrama u Jevanđelju po Luki 16. Međutim, nakon što je Gospod vaskrsnuo i popeo se na nebo, oni koji su spašeni ne idu više u Viši grob, pored Avrama. Oni ostaju u Višem grobu tri dana, i onda idu negdje u Raj. To jest, oni će biti sa Gospodom u Nebeskoj čekaonici.

Kao što Isus govori u Jevanđelju po Jovanu 14:2: „*Mnogi su stanovi u kući Oca mog. A da nije tako, kazao bih vam; idem da vam pripravim mjesto,*" nakon Njegovog uskrsnuća ulaska na nebo, naš Gospod je pripremao mjesto za svakog vjernika. Otuda, od kako je Gospod počeo da priprema mjesto za Božju djecu, oni koji su spašeni boravili su u Nebeskoj čekaonici, negdje u Raju.

Neki se pitaju kako toliko mnogo ljudi još od nastanka mogu da žive u Raju, ali nema potrebe za brigom. Čak i solarni sistem kome pripada ova zemlja je samo tačka u poređenju sa galaksijom. Onda, koliko velika je galaksija? Upoređena sa cijelim univerzumom, galaksija je jedva tačka. Koliko je, onda, veliki univerzum?

Šta više, ovaj univerzum je jedan od mnogih, tako da je nemoguće izmjeriti veličinu čitavog univerzuma. Ako je ovaj fizički svijet tako veliki, koliko bi bio veći duhovni svijet?

Nebeska čekaonica

Onda, kakvo mjesto je Nebeska čekaonica gdje oni koji su spašeni borave nakon što su se tri dana prilagođavali u Višem grobu?

Kada ljudi vide tako lijep prizor, oni kažu: „Ovo je Raj na zemlji," ili „Ovo je kao Edenski vrt!" Edenski vrt, međutim, se ne može uporediti ni sa jednom ljepotom ovog svijeta. Ljudi u Edenskom vrtu žive tako prelijepe, živote pune sreće, mira i zadovoljstva. Ipak, to samo izgleda dobro ljudima na ovoj zemlji. Jednom kada odete na nebo, vi ćete odmah odbaciti takvu predstavu.

Baš kao što Edenski vrt ne može da se uporedi sa ovom zemljom, nebo ne može da se uporedi sa Edenskim vrtom. Postoji osnovna razlika između sreće u Edenskom vrtu koji pripada Drugom nebu, i sreće u Nebeskoj čekaonici Raja u Trećem nebu. To je zato što ljudi u Edenskom vrtu nisu stvarno Božja istinska djeca čija su srca kultivisana.

Dozvolite mi da navedem jedan primjer kako bih vam pomogao da ovo bolje razumijete. Prije nego što je postojala struja, stari Korejanci su koristili lampe na petrolej. Ove lampe su bile toliko mračne za razliku od električnog svjetla koje imamo danas, ali su bile toliko dragocjene kada noću nije bilo svjetla. Nakon što su ljudi razvili i naučili da koriste struju, međutim, došli smo do električnih sijalica. Za one koji su navikli da vide samo sa petrolejskim lampama, električne sijalice su bile tako nevjerovatne da ih je njihova svjetlost hipnotisala.

Ako kažete da je ova zemlja u potpunoj tami bez ikakve svjetlosti, možete da kažete da je Edenski vrt mjesto gdje ljudi imaju petrolejske lampe, a nebo je mjesto sa električnim sijalicama. Baš kao što su petrolejska lampa i električna sijalica totalno različite iako daju svjetlo, Nebeska čekaonica je potpuno drugačija od Edenskog vrta.

Čekaonica je smještena na ivici Raja

Nebeska čekaonica je smještena na ivici Raja. Raj je mjesto za one koji imaju najmanje vjere, pa je i najdalje od Božjeg prijestolja. To je veoma veliko mjesto.

Oni koji čekaju na ivici Raja uče duhovno znanje od proroka. Oni uče o Trojedinom Bogu, nebu, pravilima duhovnog svijeta, itd. Mjera takvog znanja je neograničena, tako da nema kraja učenju. Ipak, učenje duhovnih stvari nikada nije dosadno ili teško za razliku od nekih studija sa ove zemlje. Što više učite, sve ste više zadivljeni i prosvjetljeni, pa je sve još milosnije.

Čak i na ovoj zemlji, oni koji imaju čista i popustljiva srca mogu da razgovaraju sa Bogom i da dostignu duhovno znanje. Neki od ovih ljudi vide duhovni svijet zato što su njihove duhovne oči otvorene. Takođe, neki ljudi mogu da shvate duhovne stvari inspirisani Svetim Duhom. Oni mogu da nauče o vjeri ili pravilima za dobijanje odgovora u molitvama, tako da čak i u ovom fizičkom svijetu oni mogu da iskuse Božju moć koja pripada duhu.

Ako možete da učite o duhovnim stvarima i iskusite ove stvari u ovom fizičkom svijetu, vi ćete postati još energičniji i srećniji. Onda, koliko radosniji i srećniji ćete biti ako možete da naučite dubinu duhovnih stvari u Nebeskoj čekaonici!

Dobijanje vijesti sa ovog svijeta

U kakvom životu ljudi uživaju u Nebeskoj čekaonici? Oni

doživljavaju pravi mir i iščekuju odlazak u svoje vječne kuće na nebu. Ne oskudevaju ni u čemu i uživaju u sreći i zadovoljstvu. Oni ne troše uzaludno svoje vrijeme, već nastavljaju da uče mnogo stvari od anđela i proroka.

Među njima su imenovane vođe i oni žive u redu. Njima je zabranjeno da siđu na ovu zemlju, tako da su uvjek radoznali o tome šta se događa ovde. Oni nisu radoznali u vezi svjetovnih stvari, već su radoznali u vezi stvari koje se tiču Božjeg kraljevstva, kao što su: „Šta se dešava u crkvi u kojoj sam ja služio? Koliko je od svojih zadatih dužnosti ispunila crkva? Kako napreduje svjetska misija?"

Tako da su oni veoma zadovoljni kada čiju vijesti o ovom svijetu putem anđela koji mogu da siđu na ovaj svijet, ili proroka u Novom Jerusalimu.

Bog mi je jednom otkrio o nekim članovima moje crkve koji su upravo boravili u Nebeskoj čekaonici. Oni se mole na različitim mjestima i čekaju da čuju vijesti o mojoj crkvi. Oni se naročito interesuju za zadatak dat mojoj crkvi, a to je svjetska misija i izgradnja Velikog Hrama. Oni su veoma srećni kad god čuju dobre vijesti. Kada čuju vijesti o slavljenju Boga kroz naše preko-okeanske pohode, toliko su uzbuđeni i zadovoljni da održe proslavu.

Isto tako, ljudi u Nebeskoj čekaonici provode sretno i divno vrijeme, i ponekad čuju vijesti o ovoj zemlji.

Stroga naredba u Nebeskoj čekaonici

Ljudi sa različitim nivoima vjere, koji će ući na različita mjesta na nebu poslije Sudnjeg Dana, svi borave u Nebeskoj čekaonici, ali naredbe moraju striktno da se poštuju. Ljudi koji imaju manje vjere pokazaće svoje poštovanje onima sa većom vjerom tako što će pognuti svoje glave. Duhovne naredbe nisu opredeljene pozicijom sa ovog svijeta, već stepenom njihove posvjećenosti i vjernosti u njihovim Bogom datim zadacima.

Na ovaj način, naredbe se strogo poštuju zato što Bog pravednosti vlada nebom. Pošto je naredba određena na osnovu toga koliko je blistava svjetlost, kolika je granica dobrote i veličina ljubavi svakog vjernika, niko ne može da se žali. Na nebu, svako se povinuje duhovnoj naredbi zato što nema zla u mislima spašenih.

Međutim, ova naredba i različite vrste slave nisu zamišljene da omoguće prisilno povinovanje. Ono dolazi samo iz ljubavi i poštovanja iz istinskih i iskrenih srca. Prema tome, u Nebeskoj čekaonici, oni poštuju sve one koji su srcem ispred njih i pokazuju svoje poštovanje tako što saginju svoje glave, zato što prirodno osjećaju duhovnu razliku.

4. Ljudi koji ne ostaju u Nebeskoj čekaonici

Svi ljudi koji će ući na odgovarajuća mjesta na nebu nakon Sudnjeg Dana, trenutno borave na ivici Raja, u Nebeskoj čekaonici. Postoje, međutim, neki izuzeci. Oni koji treba da idu u Novi Jerusalim, najljepše mjesto na nebu, otići će pravo u Novi Jerusalim i pomoći u Božjem radu. Ova vrsta ljudi, koja ima srce Boga koje je čisto i divno kao kristal, žive pod posebnom ljubavlju i brigom Božjom.

Oni će pomoći u Božjem radu u Novom Jerusalimu

Gdje bi naši praoci j vjere, posvjećeni i vjerni u cijeloj Božjoj kući, kao što su Ilija, Enoh, Avram, Mojsije i apostol Pavle, sada bili? Da li borave na ivici Raja, u Nebeskoj čekaonici? Ne. Pošto su ovi ljudi u potpunosti posvjećeni i potpuno nalik Božjem srcu, oni su već u Novom Jerusalimu. Ipak, zato što se Suđenje još nije dogodilo, oni ne mogu da odu u njima namenjene odgovarajuće vječne kuće.

Onda, gdje u Novom Jerusalimu oni borave? U Novom Jerusalimu, koje ima hiljadu i petsto milja širine, dužine i visine, ima nekoliko duhovnih mjesta različitih dimenzija. Tako postoji mjesto za Božji prijesto, neka mjesta gdje su već izgrađene kuće, i druga mjesta gdje naši praoci vjere, koji su već ušli u Novi Jerusalim, rade sa Gospodom.

Naši praoci vjere, koji već borave u Novom Jerusalimu, čeznu za danom kada će ući na svoja vječna mjesta, dok sa Gospodom pomažu u Božjim radu na pripremanju naših mjesta. Oni željno iščekuju da uđu u svoje vječne domove zato što tamo mogu da uđu samo nakon Drugog Isusovog dolaska u vazduhu, sedmogodišnjeg svadbenog banketa, i Milenijuma na ovoj zemlji.

Apostol Pavle, koji je bio ispunjen nadom za nebo, svjedoči sljedeće u 2. Timoteju Poslanici 4:7-8.

Dobar rat ratovah, trku svrših, vjeru održah; dalje, dakle, meni je pripravljen vijenac pravde, koji će mi dati Gospod u dan onaj, pravedni sudija; ali ne samo meni, nego svima koji se raduju Njegovom dolasku.

Oni koji vode dobar rat i imaju nadu u Gospodnjev povratak imaju i jasnu nadu za mjesto i nagrade na nebu. Ova vrsta vjere i nade može da se uveća ako znate više o duhovnom carstvu, i zbog toga ja objašnjavam nebo do detalja.

Edenski vrt u Drugom nebu ili Nebeska čekaonica u Trećem nebu su još ljepši nego ovaj svijet, ali čak se ni ova mjesta ne mogu uporediti sa slavom i sjajem Novog Jerusalima koji udomljava Božji prijesto.

Prema tome, ja se molim u ime Gospoda da ćete vi ne samo trčati ka Novom Jerusalimu sa vrstom vjere i nade apostola Pavla, već da ćete povesti mnogo duša sa sobom ka putu spasenja šireći Jevanđelje čak iako taj zadatak zahteva vašživot.

Poglavlje 3

Sedmogodišnji svadbeni banket

1. Gospodov povratak i sedmogodišnji svadbeni banket

2. Milenijum

3. Nebo kao nagrada nakon Sudnjeg dana

Blažen je i svet onaj
koji ima dio u prvom vaskrsenju;
nad njima druga smrt nema oblasti;
nego će biti svještenici Bogu i Hristu
i carovaće s Njim hiljadu godina.

Otkrivenje Jovanovo 20:6

Prije nego što primite svoju nagradu i počnete da živite vječni život na nebu, vi ćete proći kroz Sud bijelog prijestolja. Prije dana Velikog suda, desiće se Gospodov drugi dolazak u vazduhu, Sedmogodišnji banket, Gospodov povratak na zemlju i Milenijum.

Sve ovo je Bog pripremio da ugodi Svojoj voljenoj djeci koja su održala svoju vjeru na ovoj zemlji, i da im dozvoli da okuse nebo.

Zbog toga, oni koji vjeruju u drugi dolazak Gospoda i nadaju se susretu sa Njim, koji je naššženik, radovaće se Sedmogodišnjem svadbenom banketu i Milenijumu. Riječ Božja zapisana u Bibliji je istinita i sva prorokovanja su bila ispunjena danas.

Vi bi trebalo da budete mudar vjernik i da date sve od sebe da se pripremite kao Njegova mlada shvatajući da, ako niste budni i da ne živite po Božjoj riječi, dan Gospodnji će doći kao lopov i vi ćete pasti u smrt.

Hajde da pogledamo djetaljnije čudesne stvari koje će Božja djeca iskusiti prije nego što uđu na nebo koje je čisto i divno kao kristal.

1. Gospodov povratak i sedmogodišnji svadbeni banket

Apostol Pavle piše u Knjizi Rimljanima 10:9: *„Jer, ako priznaješ ustima svojim da je Isus Gospod, i vjeruješ u srcu svom da Ga Bog podiže iz mrtvih, bićeš spasen.“* Kako bi dostigli spasenje, vi ne samo da morate priznati Isusa kao svog Spasitelja nego i vjerovati u vašem srcu da je On umro i uzdigao se ponovo iz mrtvih.

Ako ne vjerujete u Isusovo vaskrsenje, vi ne možete da vjerujete u vaše moguće vaskrsenje koje će biti sa Drugim Gospodovim dolaskom. Vi čak nećete moći da vjerujete ni u sam Gospodov povratak. Ako ne možete da vjerujete u postojanje neba i pakla, onda nećete dostići snagu da živite po Božjoj riječi, i nećete dostići spasenje.

Konačni cilj hrišćanskog života

Kaže se u 1. Poslanici Korinćanima 15:19: „*I ako se samo u ovom životu uzdamo u Hrista, najnesrećniji smo od svih ljudi.*" Djeca Božja, za razliku od nevjernika svijeta, dolaze u crkvu, posjećuju službe, i služe Gospodu na mnoge načine svake nedelje. Kako bi živjeli po riječi Božjoj, oni često poste, i mole se revnosno u hramu Božjem ujutru rano ili kasno navečer čak iako im je ponekad potreban odmor.

Takođe, oni ne teže svojim vlastitim dobitima, već služe druge i žrtvuju sebe za kraljevstvo Božje. Zbog toga, da ne postoji nebo, vjernike bi trebalo najviše žaliti. Ipak, izvjesno je da se Gospod vraća da vas odvede na nebo, i da On sprema prelijepo mjesto za vas. On će vas nagraditi shodno sa onim šta ste posijali i uradili na ovom svijetu.

Isus govori u Jevanđelju po Mateju 16:27: „*Jer će doći Sin čovječiji u slavi Oca svog s anđelima svojim, i tada će se vratiti svakome po djelima njegovim.*" Ovde, „nagraditi svakoga po djelima njegovim" ne odnosi se jednostavno na odlazak na nebo ili u pakao. Čak i među vjernicima koji odu na nebo, nagrada i slava koja im se daje razlikuju se shodno sa načinom na koji su živjeli na ovoj zemlji.

Neki se bune i plaše da čuju kako će se Gospod uskoro vratiti. Ipak, ako istinski volite Gospoda i nadate se nebu, prirodno je da žudite i čekate da što prije sretnete Gospoda. Ako vašim usnama priznate: „Volim te Gospode," ali ne volite i čak se plašite da čujete da se Gospod vraća uskoro, ne može se reći da zaista volite Gospoda.

Zato treba da primite Gospoda, vašeg ženika, sa zadovoljstvom tako što ćete se u vašem srcu radovati Njegovom drugom dolasku i pripremiti sebe kao mladu.

Drugi Gospodov dolazak u vazduhu

Napisano je u 1. Poslanici Solunjanima 4:16-17: *„Jer će sam Gospod sa zapovješću, sa glasom Arhanđelovim, i s trubom Božjom sići s neba; i mrtvi u Hristu vaskrsnuće najprije. A potom mi živi koji smo ostali, zajedno s njima bićemo uzeti u oblake na susret Gospodu na nebo, i tako ćemo svagda s Gospodom biti."*

Kada se Gospod ponovo vrati u vazduhu, svako dijete Božje će se promjeniti u duhovno tijelo i biće podignuto u vazduh da primi Gospoda. Ima nekih ljudi koji su bili spašeni i umrli su. Njihova tijela su zakopana ali njihove duše čekaju u Raju. Mi za takve ljude kažemo: „spavaju u Gospodu." Njihove duše će se sastaviti sa njihovim duhovnim tijelima koja su transformisana iz njihovih starih, pokopanih tijela. Njih će pratiti oni koji će primiti Gospoda ne vidjevši smrt, promijeniće se u duhovna tijela, i biće podignuti u vazduh.

Bog pravi Svadbeni banket u vazduhu

Kada se Gospod vrati u vazduh, svako ko je bio spašen od dana postanka će prihvatiti Gospoda kao mladoženju. Tada Bog započinje Sedmogodišnji svadbeni banket da ugodi Svojoj djeci koja su spašena kroz vjeru. Oni će kasnije svakako primiti nagrade na nebu za svoja djela, ali za sada, Bog ipak pravi ovaj banket u vazduhu da ugodi svoj Svojoj djeci.

Na primjer, ako se general trijumfalno vrati, šta će kralj uraditi? On će dati generalu mnogo nagrada za njegovu odanu službu. Kralj će mu možda dati kuću, zemlju, novčanu nagradu, a takođe i zabavu kao nadoknadu za njegovu službu.

Na isti način, Bog daje Svojoj djeci mjesto gdje da borave i nagrade na nebu nakon Sudnjeg dana ali prije toga, On pravi i Svadbeni banket kako bi se Njegova djeca lijepo provela i podjelila svoju radost. Mada je na ovom svijetu svako uradio nešto različito za kraljevstvo Božje, On pravi banket i zbog same činjenice da su oni spašeni.

Onda, gdje je „vazduh“ u kome će se održati Sedmogodišnji svadbeni banket? „Vazduh“ se ovdje ne odnosi na nebeski svod koji je vidljiv golim okom. Ako bi ovaj „vazduh“ bio samo svod koji vidite vašim očima, svi oni koji su spašeni moraju imati banket lebdeći po nebeskom svodu. Takođe, mora da postoji toliko mnogo ljudi koji su spašeni još od nastanka, i svi oni ne bi mogli stati na ovom zemaljskom nebeskom svodu.

Šta više, banket će biti planiran i pripremljen sve do najsitnijeg detalja zato što ga Sam Bog pravi da udovolji Svojoj djeci. Postoji mjesto koje je Bog pripriјemio za duže vrijeme. Ovo mjesto je „vazduh“ koje je Bog pripriјemio za Sedmogodišnji svadbeni banket, i taj prostor je na Drugom nebu.

„Vazduh“ pripada Drugom nebu

Poslanica Efežanima 2:2 govori o vremenu: „*U kojima nekad hodiste po vijeku ovog svijeta, po knezu koji vlada u vjetru, po duhu koji sad radi u sinovima protivljenja.*“ Tako da je „vazduh“ i mjesto gdje zli duhovi imaju vlast.

Međutim, mjesto gdje će biti Sedmogodišnji svadbeni banket i mjesto gdje zli duhovi postoje nisu ista. Razlog da je korišćen isti izraz „vazduh,“ je taj što oboje pripadaju Drugom nebu. Ipak, čak ni Drugo nebo nije cijelovito mjesto, već je podjeljeno u nekoliko područja. Tako da je mjesto gdje će Svadbeni banket biti održan odvojeno od mjesta gdje postoje zli duhovi.

Bog je stvorio novo duhovno kraljevstvo zvano Drugo nebo tako što je uzeo neki dio od cijelog duhovnog kraljevstva. Onda ga je On podjelio na dva dijela. Jedan je Eden, što je oblast svjetlosti koja pripada Bogu, a druga je oblast tame koju je Bog dao zlim duhovima.

Bog je stvorio Edenski vrt, gdje bi Adam ostao sve do početka ljudskog kultivisanja, na istoku Edena. Bog je uzeo Adama i stavio ga u ovaj Vrt. Takođe, Bog je dao područje tame zlim duhovima i dozvolio im da tamo ostanu. Ovo područje tame i Eden su strogo odvojeni.

Mjesto Sedmogodišnjeg banketa

Onda, gdje će Sedmogodišnji banket biti održan? Edenski vrt je samo dio Edena, a u Edenu postoji mnogo drugih mjesta. Na jednom od ovih mjesta Bog je priprijemio mjesto za Sedmogodišnji svadbeni banket.

Mjesto gdje će se Sedmogodišnji svadbeni banket održati je mnogo ljepše od Edenskog vrta. Tamo ima mnogo prelijepog cvijeća i drveća. Svjetla mnogih boja sijaju tako sjajno, i neopisivo lijepa i čista priroda okružuje mjesto.

Ono je takođe toliko veliko zato što će svi oni koji su spašeni još od nastanka, zajedno imati banket. Tamo postoji veoma veliki zamak, a on je dovoljno veliki da svako ko je pozvan na banket može da uđe. Banket će biti održan u ovom zamku, i biće neopisivo prelijepih momenata. Sada, želio bih da vas pozovem u ovaj zamak na Sedmogodišnji svadbeni banket. Nadam se da možete osjetiti radost što ste mlada Gospodova, koji je počasni gost na banketu.

Susret sa Gospodom na svijetlom i prelijepom mjestu

Kada stignete u dvoranu gdje je banket, naći ćete tako brilijantnu sobu ispunjenu jarkom svjetlošću koju nikada niste vidjeli. Osjećate kao da je vaše tijelo lakše nego perje. Kada se nežno spustite na travu, počećete da svojim očima uočavate okruženje koje s prva nije vidljivo zbog užasno sjajne svjetlosti. Vidite nebo i jezero toliko jasno i čisto da može da vam zaslijepi oči. Ovo jezero sija kao što drago kamenje isijava svoje lijepe boje kad god se voda talasa.

Sve četiri strane su ispunjene cvijećem a zelene šume okružuju cijelu oblast. Cvijeće se leluja napred i nazad kao da vam maše i vi možete da osjetite toliko duboke, lijepe i slatke mirise kakve još nikada niste osjetili. Uskoro dolaze raznobojne ptice i žele vam dobrodošlicu svojom pjesmom. U jezeru, koje je toliko čisto da možete vidjeti stvari ispod površine, čudesno lijepe ribe pomaljaju svoje glave i dočekuju vas.

Čak i trava na kojoj stojite je meka kao pamuk. Vjetar koji čini da vaša odjeća lagano lepršа, nežno vas obavija. U tom trenutku, jaka svjetlost vam ulazi u oči i vi vidite jednu osobu koja stoji u sred te svjetlosti.

Gospod vas grli, govoreći vam: „Moja nevjesto, volim te“

Sa nježnim osmjehom na Svom licu, On vas raširenih ruku zove da Mu priđete. Kada se popnete do Njega, Njegovo lice postaje jasno vidljivo. Vi vidite Njegovo lice po prvi put, ali vrlo dobro znate ko je On. On je Gospod Isus, vaša ženik, koga volite i koga ste čeznuli da vidite sve ovo vrijeme. U ovom momentu, suze počinju da vam liju niz obraze. Vi ne možete prestati da prolivate suze zato što se sjećate vremena kad ste bili kultivisani na ovoj zemlji.

Vi ćete se sada gledati licem u lice sa Gospodom sa kojim ste mogli da na zemlji savladate čak i najteže situacije, pa i kada ste se suočili sa mnogim progonima i iskušenjima. Gospod dolazi do vas, grli vas u Svoje naručje, i govori vam: „Moja nevjesto, Ja sam čekao ovaj dan. Volim te.“

Nakon što čujete ovo, još i više suza teče. Onda Gospod

nježno briše vaše suze i grli vas jače. Kada pogledate u Njegove oči, možete da osjetite Njegovo srce. „Ja znam sve o tebi. Ja znam sve tvoje suze i boli. Postojaće samo sreća i radost."

Koliko dugo ste čeznuli za ovim momentom? Kada ste u Njegovom zagrljaju, vi ste u najvećem miru, a radost i obilje obuzimaju cijelo vaše tijelo.

Sada možete da čujete nježan, dubok, i prelijepi zvuk slavopoja. Onda vas Bog drži za ruku i vodi vas do mjesta sa koga slavopoj dolazi.

Dvorana Svadbenog banketa je prepuna raznobojnog svjetla

Momenat kasnije, vi vidite raskošan, sjajan zamak koji je tako veličanstven i prelijep. Kada stanete ispred kapije zamka, ona se nježno otvara i sjajna svjetlost iz zamka izlazi. Kada, kao da ste svjetlom uvučeni unutra, uđete u zamak sa Gospodom, tamo je tako velika dvorana da ne možete vidjeti njen drugi kraj. Dvorana je ukrašena prelijepim ornamentima i predmetima, i prepuna je raznobojnih i sjajnih svjetiljki.

Zvuk slavopoja je do sada postao jasniji i nežno se širi čitavom dvoranom. Konačno, Gospod objavljuje početak Svadbenog banketa glasom koji odjekuje. Sedmogodišnji svadbeni banket počinje, i čini se da se događaj dešava u vašem snu.

Da li osjećate sreću ovog trenutka? Naravno, ne može svako ko je na banketu da bude sa Gospodom na ovaj način. Samo oni koji su kvalifikovani mogu da Ga prate izbliza i dobiti Njegov zagrljaj.

Zato treba sebe da pripremite kao mladu i učestvujete u

božanskoj prirodi. Ipak, čak iako svi ljudi ne mogu da drže Gospodovu ruku, oni osjećaju istu sreću i ispunjenost.

Uživanje u srećnim trenucima uz pjesmu i igru

Jednom kada Svadbeni banket počne, vi pjevate i igrate sa Gospodom, slaveći ime Boga Oca. Vi igrate sa Gospodom, pričate o vremenu na ovoj zemlji, ili o nebu na kome ćete živjeti.

Vi takođe govorite o ljubavi Boga Oca i veličate Ga. Možete da imate prelijepe razgovore sa ljudima sa kojima ste odavno željeli da budete.

Dok uživate u plodovima koji se tope u vašim ustima i pijete Vodu života koja izvire iz Očevog prijestolja, banket se umilno nastavlja. Vi ne morate, međutim, da ostanete u zamku svih sedam godina trajanja. S vremena na vrijeme, izlazite iz zamka i provodite srećne momente.

Onda, koje vas srećne aktivnosti i događaji očekuju van zamka? Možete da imate vremena da uživate u prelijepoj prirodi sklapajući prijateljstvo sa šumom, drvećem, cvijećem i pticama. Možete da šetate sa voljenim ljudima putevima ukrašenim prelijepim cvijećem, pričate sa njim, ili ponekad da slavite Gospoda pjesmom i igrom. Ima i mnogo stvari u kojima možete da uživate na široko otvorenom prostoru. Na primjer, ljudi mogu da se voze čamcem po jezeru sa voljenima, ili sa Gospodom Lično. Možete da idete da plivate, ili da uživate u mnogim vrstama zabave i igara. Božja detaljna briga i ljubav obezbjedila je mnoge stvari koje vam daju nezamislivu radost i zadovoljstvo.

Tokom Sedmogodišnjeg banketa nijedno svjetlo se nikada ne gasi. Naravno, Eden je mjesto svjetlosti i tamo nema noći. U

Edenu, vi ne morate da idete na spavanje i da se odmarate kao što činite na ovoj zemlji. Bez obzira koliko dugo da uživate, vi se nikada ne umarate, već namjesto toga postajete još zadovoljniji i srećniji.

Zbog toga ne osjećate protok vremena, i sedam godina prolazi kao sedam dana, ili čak sedam sati. Čak iako imate roditelje, djecu ili rođake koji nisu podignuti ili pate od Velikog Stradanja, vrijeme prolazi tako brzo u radosti i sreći da ne možete čak ni misliti o njima.

Iskazati veću zahvalnost zbog spasenja

Ljudi iz Edenskog vrta i gosti sa Svadbenog banketa mogu da vide jedni druge, ali ne mogu da dolaze i odlaze. Takođe, zli duhovi mogu da vide Svadbeni banket a i vi njih možete da vidite. Naravno, oni zli ne mogu čak ni da pomisle da se približe mjestu banketa, ali vi ipak možete da ih vidite. Gledajući banket i sreću gostiju, zli duhovi trpe veliki bol. Za njih je neizdrživ bol to što ne mogu da uzmu još jednu osobu u pakao i što prepuštaju ljude Bogu kao Njegovu djecu.

Suprotno tome, gledanje u zle duhove vas podsjeća koliko mnogo su se oni trudili da vas progutaju kao lav koji riče dok ste se kultivisali na ovoj zemlji.

Onda postajete još zahvalniji za milost Boga Oca, Gospoda, i Svetog Duha koji vas je zaštitio od moći tame i vodio vas da postanete Božje dijete. Takođe postajete još zahvalniji onima koji su vam pomogli da idete ka putu života.

Tako da Sedmogodišnji svadbeni banket nije samo vrijeme za odmor i za utjehu zbog bola zato što ste bili kultivisani na ovoj zemlji, već i vrijeme da se podsjetite o vremenu na ovoj zemlji i da budete zahvalniji za ljubav Božju.

Vi takođe razmišljate o vječnom životu na nebu koji će biti divniji od Sedmogodišnjeg svadbenog banketa. Sreća na nebu ne može biti upoređena sa srećom Sedmogodišnjeg svadbenog banketa.

Sedmogodišnje Veliko Stradanje

Dok se srećan svadbeni banket održava u vazduhu, Sedmogodišnje Veliko Stradanje se dešava na ovoj zemlji. Zbog vrste i jačine Velikog Stradanja koje nikada nije bilo i neće biti, veći dio zemlje je uništen i većina preostalih ljudi umire.

Naravno, neki od njih su spašeni takozvanim „pabirčenim spasenjem." Ima mnogo onih koji su ostavljeni na ovoj zemlji nakon drugog dolaska Gospodovog zato što nisu uopšte vjerovali, ili nisu dolično vjerovali. Ipak, kada se pokaju tokom Sedmogodišnjeg Velikog stradanja i postanu mučenici, mogu biti spašeni. Ovo je nazvano „pabirčeno spasenje."

Postati mučenik tokom Sedmogodišnjeg Velikog Stradanja, ipak nije lako. Čak iako na početku odluče da postanu mučenici, mnogi od njih završavaju poričući Gospoda zbog okrutnih mučenja i progona koje sprovodi anti-Hrist koji ih sili da prihvate oznaku „666."

Oni obično snažno odbijaju da prime oznaku zato što ako je jednom prime, znaju da bi pripali Sotoni. Ipak, to je sve nego lako da se podnesu muke praćene nevjerovatnim bolovima.

Ponekad čak iako čovjek može da prevaziđe muke, još teže je da gleda kako neko muči njegove voljene članove porodice. Zbog toga je veoma teško biti spašen ovim „pabirčenim spasenjem." Šta više, zato što ljudi ne mogu da prime nikakvu pomoć Svetog Duha tokom ovog vremena, čak je i mnogo teže da održe vjeru.

Zato se ja nadam da se nijedan od čitalaca neće suočiti sa Sedmogodišnjim Velikim Stradanjem. Razlog zbog kojeg objašnjavam Sedmogodišnje Veliko Stradanje je da vam dam do znanja da događaji zapisani u Bibliji o kraju vremena se događaju i biće tačno ispunjeni.

Drugi razlog je takođe zbog onih koji će biti ostavljeni na zemlji nakon što će Božja djeca biti podignuta u vazduh. Dok pravi vjernici odlaze u vazduh i imaju Sedmogodišnji svadbeni banket, mizerno Sedmogodišnje Veliko Stradanje se događa na ovoj zemlji.

Mučenici dobijaju „pabirčeno spasenje"

Nakon Gospodovog povratka u vazduh, među ljudima koji nisu uzdignuti u vazduh će biti nekih koji se kaju zbog svoje neprave vjere u Isusa Hrista.

Šta njih vodi do „pabirčenog spasenja" je riječ Božja koju propovjeda crkva i koja uzvišeno pokazuje Božja djela moći na kraju vremena. Oni su saznali kako da budu spašeni, koje tajne događaje će otkriti i kako treba da reaguju na svjetske događaje koji su prorokovani kroz riječ Božju.

Tako da ima nekih ljudi koji se stvarno kaju pred Bogom i spašeni su tako što postaju mučenici. Ovo je tako zvano „pabirčeno spasenje." Naravno, među takvim ljudima su Izraelci. Oni će saznati o „Poruci sa krsta" i shvatiti da Isus, koga nisu priznali kao Mesiju, je zaista Sin Božji i Spasitelj cijele ljudske rase. Onda će se oni pokajati i biti dio „pabirčenog spasenja." Oni će se okupiti da jačaju svoju vjeru zajedno, a neki od njih će postati svjesni srca Božjeg i postaće mučenici koji će biti spašeni.

Na ovaj način, spisi koji jasno objašnjavaju Božju riječ ne samo da su od pomoći da uvećaju vjeru mnogih vjernika, već takođe igraju veoma važnu ulogu za one koji nisu podignuti u vazduh. Zato vi treba da shvatite čudesnu ljubav i milost Božju, koji je pripremio sve za one koji će biti spašeni čak i nakon drugog dolaska Gospodovog u vazduh.

2. Milenijum

Mlade koje su završile Sedmogodišnji svadbeni banket sići će na ovu zemlju i vladaće sa Gospodom hiljadu godina (Otkrivenje Jovanovo 20:4). Kada se Gospod vrati na zemlju, On će je očistiti. On će prvo očistiti vazduh a onda će napraviti cijelu prirodu prelijepom.

Posjete po čitavoj novoočišćenoj zemlji

Baš kao što i nedavno vjenčani par ide na medeni mjesec, vi ćete ići na putovanja sa Gospodom, vašim mladoženjom, tokom Milenijuma nakon Sedmogodišnjeg svadbenog banketa. Šta ćete, onda, voljeti najradije da posjetite?

Božja djeca, mlade Gospodove, bi željela da posjete ovu zemlju ovde-onde pošto će morati uskoro da je napuste. Bog će sve stvari u Prvom nebu, kao što su zemlja na kojoj se kultivacija ljudi odigrala, sunce, i mjesec pomjeriti na drugo mjesto poslije

Milenijuma.

Zato će nakon Sedmogodišnjeg svadbenog banketa, Bog Otac zemlju prelijepo preurediti i dozvoliće vam da sa Gospodom vladate njome hiljadu godina prije nego što je premjesti. Ovo je unaprijed planirani proces u proviđenju Božjem da je On stvorio sve stvari na nebu i zemlji za šest dana, i odmarao se sedmog dana. To je i za vas da ne žalite što napuštate zemlju već vam daje da vladate sa Gospodom hiljadu godina. Vi ćete uživati u divnom vremenu vladajući sa Gospodom hiljadu godina na ovoj prelijepo preuređenoj zemlji. Posjetom svih mjesta na kojima niste bili dok ste živjeli na ovoj zemlji, vi možete osjetiti sreću i radost koju niste osjetili do sada.

Hiljadugodišnja vladavina

Tokom ovog vremena, nema neprijatelja Sotone i đavola. Baš kao i život u Edenskom vrtu, u takvom udobnom okruženju će biti samo mir i odmor. Takođe, oni koji su spašeni i Gospod će ostati na ovoj zemlji, ali oni ne žive sa tjelesnim ljudima koji su preživjeli Veliko Stradanje. Spašeni ljudi i Gospod će živjeti na odvojenom mjestu nalik kraljevskoj palati ili zamku. Drugim riječima, oni duhovni će živjeti u zamku, a oni tjelesni van zamka zato što tjelesna i duhovna tijela ne mogu biti zajedno na jednom mjestu.

Duhovni ljudi će se do tad već promjeniti u duhovna tijela i sad imaju vječni život. Tako da oni žive mirišući arome kao što je miris cvjetova, ali takođe mogu jesti sa tjelesnim ljudima kada su zajedno. Ipak, čak iako jedu, oni ne luče poput tjelesnih ljudi. Čak iako jedu fizičku hranu, oni je rastvaraju u vazduhu kroz dah.

Tjelesni ljudi će se kocentrisati na uvjećanju broja zato što nema mnogo spašenih od Sedmogodišnjeg Velikog Stradanja. U ovo vrijeme, neće biti bolesti ili zla zato što je vazduh čist, i neprijatelj Satana i đavo neće biti tamo. Zato što neprijatelj Satana i đavo koji kontrolišu zlo su zatvoreni u dubokom ponoru, Ambisu, griješnost i zlo u ljudskoj prirodi neće imati uticaj (Otkrivenje Jovanovo 20:3). Takođe, pošto nema smrti, zemlja će opet biti ispunjena ljudima.

Onda, šta će jesti ljudi od krvi i mesa? Kad su Adam i Eva živeli u Edenskom vrtu, jeli su samo plodove i biljke koje nose sjeme (Postanak 1:29). Nakon što Adam i Eva nisu poslušali Boga pa su bili istjerani iz Edenskog vrta, oni su počeli da jedu poljske biljke (Postanak 3:18). Poslije Nojevog potopa, svijet je postao još više zao i Bog je dozvolio ljudskoj vrsti da jede meso. Vi vidite da što je više zao svijet postajao, postajala je više zla i hrana koju su ljudi jeli.

Tokom Milenijuma, ljudi jedu ljetinu sa polja ili voće sa drveća. Oni uopšte neće jesti mesa, baš kao što su radili i ljudi prije Nojevog potopa, zato što neće biti zla ili ubijanja. Takođe, zato što će sve civilizacije biti uništene u ratovima tokom Velikog stradanja, oni će se vratiti primitivnom načinu života i namnožiće se na zemlji koju je Gospod preuredio. Oni će početi iz početka u čistoj prirodi, koja je nezagađena, mirna i lijepa.

Šta više, čak iako su oni iskusili toliko razvijenu civilizaciju prije Velikog stradanja i imaju znanje, današnja moderna civilizacija ne može biti postignuta za sto ili dvesta godina. Ipak, kako prolazi vrijeme i ljudi sakupljaju svoju mudrost, oni će možda biti u stanju da dostignu civilizaciju današnjeg nivoa na kraju Milenijuma.

3. Nebo kao nagrada nakon Sudnjeg dana

Poslije Milenijuma, Bog će na kratko vrijeme osloboditi neprijatelja Satanu i đavola koji će biti zarobljeni u Ambisu, jami bez dna (Otkrivenje Jovanovo 20:1-3). Iako Sam Gospod vlada na ovoj zemlji kako bi tjelesne ljude, koji su preživjeli Veliko stradanje, i njihove naslijednike vodio do vječnog spasenja, njihova vjera nije istinita. Zato Bog dozvoljava Satani i đavolu da ih iskušaju.

Mnoge tjelesne ljude će zavesti neprijatelj đavo, pa će otići na put uništenja (Otkrivenje Jovanovo 20:8). Tako će Božji ljudi opet shvatiti razlog zašto je Bog morao da napravi pakao, i veliku ljubav Boga koji želi da dobije istinsku djecu kroz ljudsku kultivaciju.

Zli duhovi, koji su za kratko vrijeme oslobođeni, će opet biti stavljeni u jamu bez dna, i tada će se desiti Strašni sud bijelog prijestolja (Otkrivenje Jovanovo 20:12). Onda, kako će se Strašni sud Velikog bijelog prijestolja odigrati?

Bog predsjedava sudom Velikog bijelog prijestolja

Jula 1982.god., dok sam se molio za otvaranje crkve, saznao sam do detalja o Strašnom sudu Velikog bijelog prijestolja. Bog mi je otkrio scenu u kojoj On sudi svima. Ispred prijestolja Boga Oca stajali su Gospod i Mojsije, a oko prijestolja su bili ljudi koji su imali ulogu porote.

Za razliku od sudija ovoga svijeta, Bog je savršen i ne pravi greške. Ipak, On i dalje sudi zajedno sa Gospodom koji je zastupnik ljubavi, Mojsijem kao zakonskim tužiocem i drugim ljudima kao članovima porote. Otkrivenje Jovanovo 20:11-15 tačno opisuje kako će Bog suditi.

> *Onda ja vidjeh veliki bijeli prijesto, i Onog što seđaše na njemu, od čijeg lica bježaše nebo i zemlja, i mjesta im se ne nađe. I vidjeh mrtvace male i velike gdje stoje pred prijestolom, i knjige se otvoriše; i druga se knjiga otvori, koja je knjiga života; i sud primiše mrtvaci kao što je napisano u knjigama, po djelima svojim. I more dade svoje mrtvace, i smrt i pakao dadoše svoje mrtvace; i sud primiše po djelima svojim. Onda smrt i Had bačeni biše u jezero ognjeno. I ovo je druga smrt, jezero ognjeno. I ako se nečije ime ne nađe napisano u knjizi života, on bačen bi u jezero ognjeno.*

„Veliki bijeli prijesto" se ovdje odnosi na Božji prijesto, koji je sudija. Bog, sjedeći na prijestolju koji je toliko sjajan da izgleda „beo," će učiniti konačni sud sa ljubavlju i pravednošću da pošalje pljevu, ne pšenicu, u pakao.

Zbog toga je ponekad nazvan Strašni sud Bijelog prijestolja. Bog će suditi upravo po „knjizi života" koja bilježi imena onih koji su spašeni i drugim knjigama koje bilježe djela svakog pojedinca.

Nespašeni će pasti u pakao

Ispred Božjeg prijestolja nije samo knjiga života nego i druge knjige koje bilježe sva djela svake osobe koja nije prihvatila Gospoda ili koja nije imala istinsku vjeru (Otkrivenje Jovanovo 20:12).

Od momenta kad su ljudi rođeni do momenta kad je Gospod pozvao njihove duhove, svako djelo ponaosob je zapisano u ovim knjigama. Na primjer, vršenje dobrih djela, psovanje nekoga, udaranje nekoga ili ljutnja na ljude-sve je zapisano rukama anđela.

Baš kao što vi možete snimiti i na duže vrijeme sačuvati određene razgovore ili događaje uz pomoć video ili audio zapisa, tako anđeli zapisuju i snimaju sve situacije u knjigama na nebu po zapovjesti svemogućeg Boga. Zato će se Strašni sud Bijelog prijestolja odvijati tačno bez ijedne greške. Kako će, onda, suđenje biti izvedeno?

Prvo će biti suđeno nespašenim ljudima. Ovi ljudi ne mogu doći pred Boga da im se sudi zato što su griješnici. Njima će samo biti suđeno u Hadu, čekaonici pakla. Čak iako ne izlaze pred Boga, suđenje će biti sprovedeno isto tako striktno kao da se odvija pred Bogom Lično.

Među griješnicima, Bog će prvo suditi onima čiji su grijesi teži. Poslije presude nad svim onima koji nisu spašeni, oni će svi zauvijek otići ili u ognjeno jezero ili jezero gorućeg sumpora i biti vječno kažnjeni.

Spašeni primaju nagrade na nebu

Nakon što se suđenje onima koji nisu spašeni završi na takav način, pratiće ga davanje nagrada onima koji su spašeni. Kao što je obećano u Otkrivenju Jovanovom 20:12: „*I evo ću doći skoro, i plata Moja je sa Mnom, da dam svakome po djelima njegovim,* " mjesta i nagrade na nebu biće određene na taj način.

Suđenje za davanje nagrada će se mirno odigrati pred Bogom zato što je ono za Božju djecu. Procedura suđenja za davanje nagrada počinje sa onima koji imaju najveće i najviše nagrada prema onima sa najmanje nagrada, i onda će djeca Božja zauzeti svoja odgovarajuća mjesta.

> *I noći tamo neće biti; i neće potrebovati videla od žiška, ni videla sunčanog, jer će ih obasjavati Gospod Bog, i carovaće va vjek vjeka* (Otkrivenje Jovanovo 22:5).

Uprkos mnogim nevoljama i poteškoćama na ovom svijetu, koliko je to srećno što imate nadu za nebo! Tamo, vi zauvijek živite sa Gospodom jedino uz sreću i radost ali bez suza, tuge, bola, bolesti ili smrti.

Samo malo sam opisao Sedmogodišnji svadbeni banket i Milenijum tokom kojeg ćete vi vladati sa Gospodom. Kada su ova vremena, koja su samo uvod životu na nebu, tako srećna, koliko srećniji i radosniji će biti život na nebu. Zato, vi treba da hitate prema vašem mjestu i nagradama pripremljenim za vas na nebu sve do momenta kada se Gospod vrati da vas uzme.

Zašto su se naši praoci vjere tako jako upinjali i mnogo patili da idu uskim putem Gospodnjim, umjesto lakim putem ovog svijeta? Oni su postili i molili se mnogo noći da bi otjerali svoje grijehe i potpuno posvjetili sebe zato što su imali nadu za nebo. Zato što su oni vjerovali u Boga koji će ih po djelima njihovim nagraditi na nebu, oni su tako energično pokušavali da postanu sveti i budu vjerni u cijeloj Božjoj kući.

Zato, ja se molim u ime Gospoda da ćete ne samo učestvovati u Sedmogodišnjem svadbenom banketu i biti u rukama Gospodnjim, nego i da ostanete vrlo blizu Božjeg prijestolja na nebu tako što ćete dati sve od sebe uz vatrenu nadu za nebom.

Poglavlje 4

Tajne neba skrivene još od stvaranja

1. Tajne neba su bile otkrivene još od Isusovog vremena
2. Tajne neba otkrivene na kraju vremena
3. U kući Oca Mog mnogi su stanovi

Isus im odgovori:
„Vama je dano da znate
tajne carstva nebeskog,
a njima nije dano.
Jer ko ima, daće mu se,
i preteći će mu;
a koji nema,
uzeće mu se i ono što ima.
Zato im govorim u pričama;
jer gledajući ne vide,
i čujući ne čuju,
niti razumiju.“

Sve ovo u pričama govori Isus ljudima,
i bez priče On ništa ne govoraše im.
Da se zbude šta je kazao prorok govoreći:
„Otvoriću u pričama usta svoja,
kazaću stvari sakrivene
od postanja svijeta.“

Jevanđelje po Mateju 13:11-12, 34-35

Jednog dana, dok je Isus sjedio na morskoj obali, mnogo ljudi se okupilo. Tada im je u alegorijama Isus rekao mnoge stvari. Jesus repliedto them:Isusovi učenici su Ga tada pitali: *„Zašto i Ti govoriš u alegorijama?“* Isus im je odgovorio:

> *„Vama je dano da znate tajne carstva nebeskog, a njima nije dano. Jer ko ima, daće mu se, i pretjeći će mu; a koji nema, uzeće mu se i ono što ima. Zato im govorim u pričama, jer gledajući ne vide, i čujući ne čuju niti razumiju. I zbiva se na njima proroštvo Isaijino, koje govori: „Ušima ćete čuti, i nećete razumijeti; i očima ćete gledati, i nećete vidjeti. Jer je odrvenilo srce ovih ljudi, i ušima teško čuju, i oči su svoje zatvorili da kako ne vide očima, i ušima ne čuju, i srcem ne razumiju, i ne obrate se da ih iscjelim.“ A blago vašim očima što vide, i ušima vašim što čuju. Jer vam kažem zaista da su mnogi proroci i pravednici željeli vidjeti šta vi vidite, i ne vidješe; i čuti šta vi čujete, i ne čuše“* (Jevanđelje po Mateju 13:11-17).

Baš kao što je Isus rekao, mnogi proroci i pravednici nisu mogli da vide ili čuju tajne carstva nebeskog iako su željeli da ih vide i čuju.

Ipak, zato što je Isus, koji je Sam Bog u suštoj prirodi, došao na ovu zemlju (Poslanica Filipljanima: 2:6-8), bilo je dozvoljeno da tajne neba budu otkrivene Njegovim učenicima.

Kao što je napisano u Jevanđelju po Mateju 13:35: „*Da se zbude šta je kazao prorok govoreći: „Otvoriću u pričama usta svoja, kazaću sakriveno od postanja svijeta,*" Isus je govorio u alegorijama da ispuni što je napisano u Svetim Knjigama.

1. Tajne neba su bile otkrivene još od Isusovog vremena

U Jevanđelju po Mateju 13 postoje mnoge alegorije o nebu. Ovo je zato što bez alegorija, vi ne možete da razumijete i shvatite tajne neba čak i kad mnogo puta pročitate Bibliju.

> *Carstvo je nebesko kao čovjek koji posija dobro sjeme u polju svom* (stih 24).

> *Carstvo je nebesko kao zrno gorušičino koje uzme čovjek i posije na njivi svojoj; Koje je istina najmanje od sviju sjemena, ali kad uzraste, veće je od svega povrća, i bude drvo da ptice nebeske dolaze, i sjedaju na njegovim granama* (stihovi 31-32).

> *Carstvo je nebesko kao kvasac koji uzme žena i metne u tri kopanje brašna dok sve ne uskisne* (stih 33).

> *Još je carstvo nebesko kao blago sakriveno u polju, koje našavši čovjek sakri i od radosti zato otidje i sve što ima prodade i kupi polje ono* (stih 44).

Još je carstvo nebesko kao čovjek trgovac koji traži dobar biser, pa kad nađe jedno mnogocijeno zrno bisera, otidje i prodade sve što imaše i kupi ga (stihovi 45-46).

Još je carstvo nebesko kao mreža koja se baci u more i zagrabi od svake ruke ribe; Koja kad se napuni, izvukoše je na kraj, i sedavši, izabraše dobre u sudove, a zle baciše napolje (stihovi 47-48).

Isto tako, Isus je kroz mnoge parabole propovjedao o nebu, koje je u duhovnom carstvu. Zato što je nebo u nevidljivom duhovnom carstvu, vi ga možete shvatiti samo kroz alegorije.

Da bi imali vječni život na nebu, vi morate da živite doličan život u vjeri znajući kako da posjedujete nebo, kakvi ljudi će ući tamo, i kada će doći vrijeme da to bude ispunjeno.

Koji je konačni cilj odlaska u crkvu i živjeti život u vjeri? To je biti spašen i otići na nebo. Ipak, ako ne možete da odete na nebo iako ste posjećivali crkvu dugo vremena, koliko žalosni ćete biti?

Čak i u vrijeme Isusa, mnogi ljudi su se pridržavali zakona i iskazivali svoje vjerovanje u Boga, ali nisu bili dostojni da bi bili spašeni i otišli na nebo. U Jevanđelju po Mateju 3:2 iz ovog razloga, Jovan Krstitelj iz ovog razloga najavljuje: „*Pokajte se, jer se približi carstvo nebesko!*" i priprema put Gospodnji. Takođe, u Jevanđelju po Mateju 3: 11-12, on je rekao ljudima da Isus jeste Spasitelj i Gospod Velikog Suda, govoreći: „*Ja dakle krštavam vas vodom za pokajanje, a Onaj koji ide za mnom, jači je od mene, ja nisam dostojan Njemu obuću ponijeti; On će vas krstiti Duhom Svetim i ognjem. Njemu je lopata u ruci*

Njegovoj, pa će otrebiti gumno svoje; i skupiće pšenicu svoju u žitnicu, a pljevu će sažeći ognjem večnim."

Pored toga, Izraelci tog vremena ne samo da nisu uspjeli da Njega prepoznaju kao svog Spasitelja već su Ga i razapeli. Koliko je to tužno da oni i dalje čekaju svog Mesiju čak i danas.

Tajne neba otkrivene Apostolu Pavlu

Iako Apostol Pavle nije bio jedan od Isusovih prvobitnih dvanaest učenika, on nije zaostajao ni za kim u svjedočenju o Isusu Hristu. Pre nego što je Pavle sreo Gospoda, on je bio Farisej koji se strogo pridržavao zakona i tradicije poštovanja starešinstva, i Jevrejin koji je imao rimsko državljanstvo još od rođenja, koji je učestvovao u proganjanju ranih Hrišćana.

Međutim, nakon što je sreo Gospoda na putu ka Damasku, Pavle je promjenio svoje mišljenje i poveo toliko mnogo ljudi ka putu spasenja tako što se usredsredio na evangelizaciju ne-jevreja.

Bog je znao da će Pavle trpjeti veliki bol i progon dok propovjeda jevanđelje. Zbog toga je On otkrio Pavlu čudesne tajne neba kako bi on mogao da postigne cilj (Poslanica Filipljanima 3:12-14). Bog mu je dozvolio da propovjeda Jevanđelje sa najvećim zadovoljstvom i nadom za nebom.

Ako čitate Pavlove poslanice, vidjećete da je on pisao prepun inspiracije Svetog Duha o Gospodovom povratku, o vjernicima podignutim u vazduh, njihovim mjestima boravka na nebu, nebeskoj slavi, vječnim nagradama i krunama, Melhisedekovom vječnom svješteniku, i Isusu Hristu.

U 2. Poslanici Korinćanima 12:1-4, Pavle djeli svoja duhovna iskustva sa crkvom u Korintu koju je osnovao, koja nije živjela prema Božjoj riječi.

> *Ali mi se ne pomaže hvaliti, jer ću doći na viđenja i otkrivenja Gospodnja. Znam čovjeka u Hristu koji pre četrnaest godina ili u tijelu ne znam, ili osmi tijela, ne znam, Bog zna bi odnesen do trećeg neba. I znam za takvog čovjeka ili u tijelu ili osim tijela ne znam, Bog zna da bi odnesen u raj i ču neiskazane riječi, kojih čovjeku nije slobodno govoriti.*

Bog je odabrao Apostola Pavla za evangelizaciju nejevreja, opremio ga je vatrom, i dao mu vizije i otkrovenja. Bog ga je vodio da ljubavlju, vjerom i nadom za nebo prevaziđe sve nevolje. Na primjer, Pavle je svjedočio da je bio odveden u Raj na Trećem nebu i da je čuo o tajnama neba četrnaest godina ranije, ali one su bile tako čudesne da čovjeku nije bilo dozvoljeno da govori o njima.

Apostol je čovjek koji je pozvan od Boga i potpuno se pokorava Njegovoj volji. Ipak, bilo je nekih ljudi među članovima Korinćanske crkve koje su zaveli lažni učitelji, pa su osudili apostola Pavla.

U to vrijeme, Apostol Pavle je nabrojao nevolje koje je propatio za Gospoda i djelio je svoja duhovna iskustva kako bi uputio Korinćane da postanu prelijepe Gospodove neveste, tako što će djelati po Božjoj riječi. Ovo nije bilo da bi se hvalio svojim duhovnim iskustvima, već samo da braneći i potvrđujući svoje apostolstvo izgradi i učvrsti Hristovu crkvu.

Ono što morate ovde da shvatite je da Gospodove vizije i

otkrivanja mogu biti data samo onima koji su ispravni u Božjim očima. Takođe, za razliku od članova Korinćanske crkve koji su zavedeni lažnim učiteljima osudili Pavla, vi ne smijete suditi onome ko radi na širenju kraljevstva Božjeg, spašava mnogo ljudi, i priznat je od Boga.

Tajne neba prikazane Apostolu Pavlu

Apostol Jovan je bio jedan od dvanaest Isusovih učenika i Isus ga je volio veoma mnogo. Sam Isus ga nije samo zvao „učenik," već ga je i duhovno odgajao kako bi on mogao da služi svog učitelja iz blizine. On je bio tako preke naravi da su ga nekada zvali „sin groma," ali je postao apostol ljubavi nakon što je bio preobraćen Božjom moći. Jovan je pratio Isusa, težeći za slavom na nebu. On je bio i jedini učenik koji je čuo poslednjih sedam riječi koje je Isus izgovorio na krstu. Bio je vjeran svom zadatku kao apostol, i postao je veliki čovjek na nebu.

Kao ishod velikog progona Hrišćanstva od strane Rimskog carstva, Jovan je bio bačen u ključalo ulje, ali nije pogubljen pa je prognan na ostrvo Patmos. Tamo je duboko komunicirao sa Bogom i zabilježio je Knjigu Otkrivenja koja je puna tajni neba.

Jovan je pisao o vrlo mnogo duhovnih stvari kao što su prijesto Božji i Jagnjetov na nebu, bogosluženje na nebu, četiri živa stvorenja oko Božjeg prijestolja, Sedmogodišnje Veliko Stradanje i uloga anđela, Svadbeni banket Jagnjetov i Milenijum, Strašni Sud Bijelog prijestolja, pakao, Novi Jerusalim na nebu, i jama bez dna, Ambis.

Zato Apostol Jovan govori u Otkrivenju 1:1-3 da je Knjiga

zabeležena kroz otkrivenja i vizije Gospodnje, i on je zapisivao sve zato što će se sve što je zapisano uskoro odigrati.

> *Otkrivenje Isusa Hrista, koje dade Njemu Bog, da pokaže slugama svojim šta će skoro biti, i pokaza, poslavši po anđelu svom sluzi svom Jovanu, koji svjedoči riječ Božiju i svjedočanstvo Isusa Hrista, i šta god vide. Blago onome koji čita i onima koji slušaju riječi proroštva, i drže šta je napisano u njemu; jer je vrijeme blizu.*

Fraza „vrijeme je blizu" podrazumijeva da je vrijeme Gospodovog povratka blizu. Zato je veoma važno da imate kvalifikacije da uđete na nebo tako što ćete se spasiti vjerom.

Čak iako idete u crkvu svake nedjelje, vi ne možete da budete spašeni ako nemate vjeru sa djelima. Isus vam govori: *„Neće svaki koji Mi govori: Gospode! Gospode! Ući u carstvo nebesko; no koji čini po volji Oca Mog koji je na nebesima"* (Jevanđelje po Mateju 7:21). Tako da ako ne radite po Božjoj riječi, jasno je da nećete ući na nebo.

Zato apostol Jovan detaljno objašnjava događaje i proročanstva koja će se desiti i biti ispunjeni uskoro od Otkrivenja Jovanovog 4 pa nadalje, i zaključuje da se Gospod vraća i da treba da operete svoju odeću.

> *I evo, Ja ću doći skoro, i plata Moja sa Mnom, da dam svakome po djelima njegovim. Ja sam Alfa i Omega, Prvi i Poslednji, Početak i Kraj. Blago onome koji tvori zapovijesti Njegove, da im bude vlast*

na drvo života, i da uđu na vrata u grad (Otkrivenje Jovanovo 22:12-14).

Duhovno, odjeća stoji za čovjekovo srce i djela. Oprati odeću se odnosi na pokajanje od grijehova i pokušaj da živite po Božjoj volji.

Tako da do stepena do koga živite po riječi Božjoj, vi ćete proći kroz kapije sve dok ne uđete na najljepše mjesto neba, Novi Jerusalim.

Međutim, vi treba da shvatite da što više vaša vjera raste, ljepše mjesto boravka na nebu će biti za vas.

2. Tajne neba otkrivene na kraju vremena

Dozvolite nam da se kroz Isusove alegorije u Jevanđelju po Mateju 13 udubimo u tajne neba koje su otkrivene i koje će se ostvariti na kraju vremena.

On će odvojiti zle od pravednih

U Jevanđelju po Mateju 13:47-50, Isus kaže da je nebesko kraljevstvo kao mreža koja je bačena u jezero i u kojoj su uhvaćene sve vrste riba. Šta ovo znači?

Još je carstvo nebesko kao mreža koja se baci u more i zagrabi od svake ruke ribe; koja kad se napuni, izvukoše je na kraj, i sjedavši, izabraše dobre u sudove, a zle baciše napolje. Tako će biti na kraju vijeka; izići će anđeli i odvojiće zle od pravednih, i baciće ih u peć ognjenu; onde će biti plač i škrgut zuba.

„More" se ovde odnosi na svijet, „ribe" na sve vjernike, a ribar koji baca mrežu u more i hvata ribu, na Boga. Šta, onda, znači za Boga da baci mrežu, da je izvuče kada je puna, i da sakupi dobru ribu u korpe i odbaci lošu? Ovo je da vam da do znanja da će na kraju vremena anđeli doći i sakupiti u nebo one ispravne a one loše baciće u pakao.

Danas, mnogi ljudi misle da će oni svakako ući u nebesko kraljevstvo ako prihvate Isusa Hrista. Isus, međutim, jasno govori: *„Izići će anđeli i odlučiće zle od pravednih, i baciće ih u peć ognjenu"* (Jevanđelje po Mateju 13:50). „Pravedni" se ovde odnosi na one koji su nazvani „pravednim" tako što vjeruju u Isusa Hrista u svojim srcima i odražavaju svoju vjeru djelima. Vi ste „pravedni" ne zbog toga što znate Božju riječ, već samo zato što se pokoravate Njegovim zapovjestima i radite po Njegovoj volji (Jevanđelje po Mateju 7:21).

U Bibliji, ima „Čini," „Ne čini," „Održi" i „Odbaci." Samo oni koji žive po riječi Božjoj su „pravedni" i smatra se da imaju duhovnu, živu vjeru. Ima ljudi za koje se kaže da su uopšteno pravedni, ali oni mogu da se kategorizuju kao „pravedni" sa ljudskog stanovišta ili „pravedni" sa Božjeg stanovišta. Zato vi treba da razumijete razliku između pravednosti ljudske i Božje, i da postanete pravedan čovjek u Božjim očima.

Na primjer, ako čovjek koji smatra sebe pravednim krade, ko će njega prihvatiti kao pravednog? Ako oni koji sebe nazivaju

„Božja djeca," nastave da čine grijehe i ne žive po Božjoj riječi, oni ne mogu biti zvani „pravedni." Ovakvi ljudi su zli među „pravednima."

Različit sjaj svakog od nebeskih tijela

Ako prihvatite Isusa Hrista i živite shodno samo sa Božjom riječi, vi ćete sijati kao sunce na nebu. Apostol Pavle djetaljno piše o tajnama neba u 1. Poslanici Korinćanima 15:40-41.

I imaju tjelesa nebeska i tjelesa zemaljska: ali je druga slava nebeskim, a druga zemaljskim. Druga je slava suncu, a druga slava mjesecu, i druga slava zvijezdama; jer se zvijezda od zvijezde razlikuje u slavi.

Pošto čovjek posjeduje nebo samo vjerom, jasno je da će se slava neba razlikovati shodno sa mjerom nečije vjere. Zbog toga postoji slava sunca, mjeseca, i zvijezda; čak i među zvijezdama, njihova mjera sjaja se razlikuje.

Dozvolite nam da pogledamo u drugu tajnu neba kroz alegoriju o sjemenu gorušice u Jevanđelju po Mateju 13:31-32.

On je predstavio drugo upoređenje njima, govoreći: „Carstvo je nebesko kao zrno gorušičino koje uzme čovjek i posije na njivi svojoj; Koje je istina najmanje od sviju sjemena, ali kad uzraste, veće je od svega povrća, i bude drvo da ptice nebeske dolaze, i sjedaju na njegovim granama.“

Jedno sjeme goruščice je toliko malo kao tačkica napravljena hemijskom olovkom. Čak i ovo malo sjeme će porasti u veliko drvo, tako da će ptice iz vazduha doći i sjedeti na granama. Onda, o čemu je Isus htio da nas nauči kroz ovu alegoriju o sjemenu goruščice? Lekcije koje treba naučiti su da se nebo posjeduje vjerom i da postoje različite mjere vjere. Tako da, čak iako imate sada „malu“ vjeru, vi možete da je odgajite do „velike“ vjere.

Čak i vejra toliko mala kao sjeme goruščice

Isus u Jevanđelju po Mateju 17:20 kaže: *„Za nevjerstvo vaše; jer vam kažem zaista, ako imate vjere koliko zrno gorušičino, reći ćete gori ovoj: 'Pređi odavde tamo, i preći će, i ništa neće vam biti nemoguće.'“* U odgovoru na zahtev Svojih učenika: „Uvećajte našu vjeru!“ Isus odgovara: *„Kad biste imali vjere koliko zrno gorušičino, i rekli biste ovom dubu: 'Iščupaj se i usadi se u more;' i poslušao bi vas“* (Jevanđelje po Luki 17:5-6).

Šta je,onda, duhovno značenje ovih stihova? To znači da kada vjera mala kao što je goruščino sjeme raste i postaje velika vjera, ništa neće biti nemoguće. Kada čovjek prihvati Isusa Hrista, vjera mala kao goruščino sjeme mu je data. Kada on posadi ovo sjeme u njegovom srcu, ono će proklijati. Kada ono izraste u veliku vjeru veličine velikog drveta gdje će mnogo ptica sedjeti na granama, taj će iskusiti djela Božje moći koje je Isus izvodio kao što su da slijepi progledaju, gluvi da čuju, mutavi da progovore, i mrtvi da se povrate u život.

Ako mislite da imate vjeru, ali ne možete da pokažete djela Božje moći i još imate probleme u vašoj porodici ili poslovanju, to je zato što vaša vjera mala kao što je sjeme goruščice još nije izrasla u veličinu velikog drveta.

Proces rasta duhovne vjere

U 1. Jovanovoj Poslanici 2:12-14, apostol Pavle ukratko objašnjava rast duhovne vjere.

> *„Pišem vam, dječice, da vam se opraštaju grijesi imena Njegovog radi. Pišem vam, oci, jer poznaste Onog koji nema početka, pišem vam, mladići, jer nadvladaste nečastivog, pišem vam, djeco, jer poznaste Oca. Pisah vam, oci, jer poznaste Onog koji je od početka, pisah vam, mladići, jer ste jaki, i riječ Božija u vama stoji, i nadvladaste nečastivog."*

Vi treba da razumijete da postoji proces u rastu vjere. Morate da razvijate svoju vjeru i imate vjeru očeva u kojoj ćete moći da poznate Boga koji je bio ovdje još prije početka vremena. Ne treba da budete zadovoljni nivoom dječije vjere čiji su grijesi oprošteni na osnovu Isusa Hrista.

Takođe, kao što Isus kaže u Jevanđelju po Mateju 13:33: *„Carstvo je nebesko kao kvasac, koji uzme žena i metne u tri kopanje brašna dok sve ne uskisne."*

Zato treba da razumijete da rast vjere male kao sjeme goruščice sve do velike vjere može biti ispunjeno brzo poput kvasca koji uskisne u tijestu. Kao što je rečeno u 1. Poslanici

Korinćanima 12:9, vjera je duhovni dar dat vama od Boga.

Kupiti nebo sa svim što imate

Treba da imate pravu snagu da posjedujete nebo zato što nebo može biti posjedovano samo vjerom i što postoji proces u rastu vjere. Čak i na ovom svijetu, morate mnogo da se trudite da dostignete bogatstvo i ugled, a da ne govorimo o tome da zaradite dovoljno novca da, na primjer, kupite kuću. Vi se trudite da kupite i sačuvate sve ove stvari, koje ne možete zauvjek zadržati. Koliko više, onda, bi morali da pokušavate da dobijete sjaj i mjesto boravka na nebu koje ćete imati vječno?

Isus kaže u Jevanđelju po Mateju 13:44: „*Još je carstvo nebesko kao blago sakriveno u polju, koje našavši čovjek sakri i od radosti zato otide i sve što ima prodade i kupi polje ono.*" On nastavlja u Jevanđelju po Mateju 13:45-46: „*Još je carstvo nebesko kao čovjek trgovac koji traži dobar biser, pa kad nađe jedno mnogocijeno zrno bisera, otide i prodade sve što imaše i kupi ga.*"

Dakle, koje su tajne neba otkrivene kroz alegorije o blagu sakrivenom na polju i o dobrom biseru? Isus je obično pričao alegorije sa stvarima koje je lako naći u svakodnevnom životu. Sada, dozvolite nam da pogledamo u alegoriju: „blago sakriveno u polju."

Bio je neki siromašan farmer koji je zarađivao za život radeći za nadnicu. Jednog dana, on je otišao da radi na zahtev svoga komšije. Farmeru je rečeno da je zemlja pusta zato što duže vrijeme nije obrađivana, ali njegov komšija je želio da posadi nekoliko voćki da zemlja ne propada. Farmer je pristao da radi.

On je čistio zemlju jednog dana, i osjetio je nešto tvrdo pod lopatom. Nastavio je da kopa i našao veoma mnogo blaga u zemlji. Farmer koji je otkrio blago počeo je da razmišlja o načinu na koji bi mogao da zadrži blago. Odlučio je da kupi zemlju u kojoj je blago bilo sakriveno i pošto je polje bilo pusto i skoro beskorisno, farmer je mislio da će vlasnik željeti da ga proda bez velike rasprave.

Farmer se vratio svojoj kući, očistio je sve što je dobio, i počeo da prodaje svoj posjed. Ipak, nije žalio da proda sve što je imao, zato što je našao blago, koje je bilo mnogo vrijednije od svega što je imao.

Alegorija o blagu sakrivenom u polju

Šta trebate da razumijete kroz alegoriju o blagu skrivenom u polju? Nadam se da tajnu neba razumijete sa četiri aspekta gledajući u duhovno značenje alegorije o blagu skrivenom u polju.

Prvo, polje stoji za vaše srce a blago stoji za nebo. To podrazumijeva da je nebo, kao i blago, sakriveno u vašem srcu.

Bog je napravio ljudsku rasu sa duhom, dušom i tijelom. Duh je napravljen kao čovjekov gospodar da komunicira sa Bogom. Duša je napravljena da se povinuje komandama duha, a tijelo je napravljeno kao stanište za duh i dušu. Zato je ljudsko biće nekada bilo živi duh kao što je rečeno u Postanku 2:7.

Od vremena kada je prvi čovjek Adam počinio grijeh neposlušnosti, međutim, duh, gospodar čovjekov, je umro, i duša je počela da igra ulogu gospodara. Ljudi su onda zapali u još više grijehova i morali su da idu na put smrti zato što više nisu mogli da komuniciraju sa Bogom. Oni su sada postali ljudi duše, koja je pod kontrolom neprijatelja Satane i đavola.

Zbog ovoga, Bog ljubavi poslao je Svog jednog i jedinog Sina Isusa na ovaj svijet i dozvolio je da bude razapet i da prolije Njegovu krv kao žrtva okajanja da izbavi čovječanstvo od grijehova. Zbog ovoga, put spasenja se otvorio za vas da postanete djeca svetog Boga i da komunicirate sa Njim ponovo.

Zato, ko god da prihvati Isusa Hrista kao svog ličnog Spasitelja primiće Svetog Duha, i njegov duh će oživjeti. Takođe, on će dobiti pravo da postane Božje dijete i radost će ispuniti njegovo srce.

To znači da je duh ponovo mogao da komunicira sa Bogom i da kontroliše dušu i tijelo kao gospodar ljudskog bića. To takođe znači da je počeo da se boji Boga i da se povinuje Njegovoj riječi, i izvršava dodeljenu dužnost čovjekovu.

Zato je oživljavanje duše isto što i naći skriveno blago u polju. Nebo je poput blaga skrivenog u polju zato što je nebo sada prisutno u vašem srcu.

Drugo, čovjek koji je našao sakriveno blago na polju i bio radostan iskazuje da ako neko prihvati Isusa Hrista i primi Svetog Duha, mrtvi duh će oživjeti, i on će shvatiti da postoji nebo u njegovom srcu i radovaće se.

Isus govori u Jevanđelju po Mateju 11:12: „*A od vremena Jovana Krstitelja do sad carstvo nebesko na silu se uzima, i siledžije dobijaju ga.*“ Apostol Jovan takođe piše u Otkrivenju

Jovanovom 22:14: *„Blago onome koji tvori zapovjesti Njegove, da im bude vlast na drvo života, i da uđu na vrata u grad.“*

Ono što možete da naučite kroz ovo je da neće svako ko je prihvatio Isusa Hrista da ode na isto mjesto boravka u kraljevstvu nebeskom. Zavisno od toga koliko ličite na Gospoda i postanete iskreni, vi ćete naslijediti ljepše mjesto boravka na nebu.

Zato, oni koji vole Boga i nadaju se za nebo radiće po Božjoj riječi u svemu i ličiće na Gospoda tako što će odbaciti svo svoje zlo.

Vi posjedujete kraljevstvo nebesko, onoliko koliko ispunjavate vaše srce nebom, tamo gdje je samo dobrota i istina. Čak i na ovoj zemlji, kada shvatite da postoji nebo u vašem srcu, vi ćete biti radosni.

Ovo je vrsta radosti koju doživljavate kada prvi put sretnete Isusa Hrista. Ako je neko, ko je morao da pođe ka putu smrti, dostigao iskreni život i vječno nebo kroz Isusa Hrista, koliko radostan će on biti! On će takođe biti vrlo zahvalan zato što može da vjeruje u nebesko kraljevstvo u svom srcu. Na ovaj način, radost čovjeka koji se veseli što je pronašao blago skriveno u polju predstavlja radost prihvatanja Isusa Hrista i posjedovanja nebeskog kraljevstva u njegovom srcu.

Treće, skrivanje blaga ponovo nakon što je pronađeno iskazuje da je čovjekov mrtav duh ponovo oživljen i želi da živi po Božjoj volji, ali ne može da stvarno sprovede odluku u djelo zato što nije primio moć da živi po riječi Božjoj.

Farmer nije mogao odmah da iskopa blago odmah čim ga je pronašao. On je prvo morao da proda svoju imovinu i da kupi tu zemlju. Na isti način, vi znate da postoje nebo i pakao i kako možete da uđete na nebo kada prihvatite Isusa Hrista, ali ne možete da pokažete svoje djelo dok ne počnete da slušate riječ Božju.

Zato što ste živjeli neispravnim životom koji je bio nipodaštavanje Božje riječi prije nego što ste prihvatili Isusa Hrista, ostaje mnogo neispravnosti u vašem srcu. Ipak, ako ne odbacite sve što je neistina u vašem srcu dok iskazujete svoje vjerovanje u Boga, Satana će nastaviti da vas vodi ka tami tako da ne možete da živite po Božjoj riječi. Baš kao što je i farmer kupio polje nakon što je prodao sve što je imao, vi možete da imate blago u vašem srcu samo kada pokušate da odbacite misli neistine i imate iskreno srce koje Bog želi.

Dakle, vi morate da sledite istinu, što je riječ Božja, tako što ćete zavisiti od Boga i vatreno se molite. Samo onda će neistina biti odbačena i vi ćete dobiti moć da radite i živite shodno sa Božjom riječju. Treba da imate na umu da je nebo samo za ovakve ljude.

Četvrto, prodavanje svega što je imao znači, da bi mrtvi duh oživio i postao gospodar čoviekov, vi morate da uništite sve neistine koje pripadaju duši.

Kada mrtav duh oživi, vi ćete shvatiti da postoji nebo. Vi treba da posjedujete nebo uništavanjem svih misli neistine, koje pripadaju duši i kojima vlada Satana, i imanjem vjere praćene djelima. Ovo je isti postupak kao kad pile mora da polomi ljusku da bi izašlo na ovaj svijet.

Zato morate da odbacite sva vaša djela i želje tijela kako bi potpuno posjedovali nebo. Šta više, vi treba da postanete osoba cijele duše koja liči u potpunosti na božansku prirodu Gospoda (1. Poslanica Solunjanima 5:23).

Djela tijela su oličenje zla u srcu koje rezultira djelom. Tjelesne želje se odnose na svu prirodu grijeha u srcu koja može da rezultira djelom u svakom trenutku, čak iako još nije rezultirala na djelu. Na primjer, ako imate mržnju u vašem srcu, to je tjelesna želja, i ako ova mržnja rezultira dijelom tako što udarite drugu osobu, to je djelo tijela.

Poslanica Galaćanima 5:19-21 čvrsto potvrđuje: *„A poznata su djela mesa, koja su: preljubočinstvo, kurvarstvo, nečistota, besramnost, idolopoklonstvo, čaranja, neprijateljstva, svađe, pakosti, srdnje, prkosi, raspre, sablazni, jeresi, zavisti, ubistva, pijanstva, žderanja, i ostala ovakva za koja vam naprijed kazujem kao što i kazah naprijed, da oni koji tako čine neće naslijediti carstvo Božije.“*

Takođe, Poslanica Rimljanima 13:13-14 nam govori: *„Da hodimo pošteno kao po danu: ne u žderanju i pijanstvu, ne u kurvarstvu i nečistoti, ne u svađanju i zavisti. Nego se obucite u Gospoda Isusa Hrista; i tijelu ne ugađajte po željama,“* a Poslanica Rimljanima 8:5 govori: *„Jer koji su po tijelu tjelesno misle, a koji su po duhu duhovno misle.“*

Zato, prodati sve što imate znači uništiti svu neistinu protiv Božje volje u vašoj duši i odbaciti sva vaša djela i želje tjelesne, koje nisu ispravne po Božjoj riječi, i sve ostalo što ste voljeli više nego što ste voljeli Boga.

Ako nastavite da odbacujete vaše grijehe i zlobu na ovaj način, vaš duh oživljava sve više i više i možete da živite po Božjoj riječi prateći želju Svetog Duha. Konačno, vi ćete postati duhovna osoba i moći ćete da dostignete božansku prirodu Gospodovu (Poslanica Filipljanima 2:5-8).

Nebo posjedujemo onoliko koliko nam je njime ispunjeno srce

Onaj koji posjeduje nebo vjerom je onaj koji prodaje sve što ima tako što odbacuje svo zlo ispunjavajući srce nebom. Najzad, kada se Gospod vrati, nebo koje je bilo kao sjenka postaje stvarnost i on će imati vječno nebo. Onaj koji posjeduje nebo je najbogatija osoba čak iako je odbacio sve na ovom svijetu. Međutim, onaj koji ne posjeduje nebo je najsiromašnija osoba koja u stvarnosti nema ništa, čak iako ima sve na ovom svijetu. To je zbog toga što sve što potrebujete je u Isusu Hristu a sve što je van Isusa Hrista je bezvrijedno zato što vas nakon smrti, čeka samo vječni osud.

Zbog toga je Matej pratio Isusa napustivši svoju struku. Zbog toga je Petar pratio Isusa napustivši svoj brod i mrežu. Čak je i Apostol Pavle smatrao bezvrednim sve što je imao nakon što je prihvatio Isusa Hrista. Razlog zbog čega su ovi apostoli mogli da urade ovo bio je taj što su željeli da pronađu blago, koje je bilo vrijednije od svega na ovom svijetu, i iskopaju ga.

Na isti način, vi morate da pokažete svoju vjeru na djelu pokoravanjem istinitoj riječi i odbacivanjem svih neistina koje su protiv Boga. Vi morate da ispunite kraljevstvo nebesko u vašem srcu prodajući svu neistinu kao što je svojeglavost, ponos i oholost koju ste do sada smatrali kao blago u vašem srcu.

Zato ne treba da tragate za stvarima na ovom svijetu, već da prodate sve kako bi ispunili nebom vaše srce i nasledili vječno nebesko kraljevstvo.

3. U kući Oca Mog mnogi su stanovi

U Jevanđelju po Jovanu 14:1-3, možete da vidite da ima mnogo mjesta boravka na nebu, i da je Isus Hrist otišao da pripremi mjesto za vas na nebu.

Da se ne plaši srce vaše, vjerujte Boga, i Mene vjerujte. Mnogi su stanovi u kući Oca Mog. A da nije tako, kazao bih vam; idem da vam pripravim mjesto. I kad otidem i pripravim vam mjesto, opet ću doći, i uzeću vas k Sebi da i vi budete gdje sam Ja.

Gospod je otišao da pripremi vaše nebesko mjesto

Isus je rekao svojim učenicima stvari koje će se desiti prije samog Njegovog hvatanja i raspeća. Gledajući u Svoje učenike, koji su bili zabrinuti pošto su čuli za izdaju Jude Iskariotskog, poricanje Petrovo, i Isusovu smrt, On ih je tješio govoreći im o nebeskim mjestima boravka.

Zbog toga je On rekao: „Mnogi su stanovi u kući Oca Mog. A da nije tako, kazao bih vam; idem da vam pripravim mjesto." Isus je bio razapet i stvarno je vaskrsao nakon tri dana, pobjedivši vlast smrti. Onda, nakon četrdeset dana, On se na očigled mnogih ljudi uzdigao u nebo da pripremi nebeske stanove za vas.

Onda, šta znači: „Idem da pripremim stan za vas?" Kao što je napisano u 1. Poslanici Jovanovoj 2:2: „*I On očišća grijehe naše, i ne samo naše nego i svega svijeta,"* to znači da je Isus srušio zid grijehova između čovjeka i Boga, tako da svako može da posjeduje nebo vjerom.

Bez Isusa Hrista, zid grijehova između Boga i vas ne bi mogao da bude srušen. U Starom Zavjetu, čovjek koji je počinio grijeh, davao je životinju kao žrtvu da bi se iskupio za grijeh. Isus vam je, međutim, omogućio da vam grijesi budu oprošteni i da postanete sveti nudeći Sebe kao jedno vremenu žrtvu (Poslanica Jevrejima 10:12-14).

Samo kroz Isusa Hrista, zid grijeha između Boga i vas može da bude srušen, i vi možete da dobijete blagoslov ulaska u kraljevstvo nebesko i uživanja u lijepom i srećnom vječnom životu.

„U kući Oca Mog mnogi su stanovi"

Isus kaže u Jevanđelju po Jovanu 14:2: *„U kući Oca Mog mnogi su stanovi."* Srce Gospoda koji želi da svi budu spašeni je stopljeno u ovaj stih. Uzgred rečeno, koji je razlog zbog čega je Isus rekao: „U kući Oca Mog," umjesto da kaže: „U kraljevstvu nebeskom?" To je zato što Bog ne želi „građane" nego „djecu" sa kojom On zauvjek može dijeliti Svoju ljubav kao Otac.

Nebom upravlja Bog i dovoljno je veliko da primi sve one koji su spašeni vjerom. Takođe, to je tako lijepo i fantastično mjesto da ne može biti upoređeno sa ovim svijetom. U kraljevstvu nebeskom, čija veličina je nezamisliva, najljepše i najslavnije mjesto je Novi Jerusalim gdje je smješten Božji prijesto. Baš kao što postoji Plava kuća u Seulu, glavnom gradu Koreje, i Bela kuća u Vašingtonu, glavnom gradu Sjedinjenih Država, gdje žive presjednici tih zemalja, u Novom Jerusalimu je Božji prijesto.

Gdje je, onda Novi Jerusalim? On je u centru neba, i to je mjesto gdje će ljudi od vjere, koji u udovoljili Bogu, da žive zauvjek. Suprotno na odatle najudaljenijem spoljnom djelu neba je Raj. Baš kao i razbojnik sa jedne Isusove strane, koji je prihvatio Isusa Hrista i bio spašen, oni koji samo prihvate Isusa Hrista i ne urade ništa za carstvo Božje će boraviti tamo.

Nebo je dato u skladu sa mjerom vjere

Zašto je Bog za Svoju djecu pripremio mnogo stanova na nebu? Bog je pravedan i daje vam da požnjete što ste zasijali (Poslanica Galaćanima 6:7), i nagrađuje svaku osobu shodno sa onim šta je uradio (Jevanđelje po Mateju 16:27, Otkrovenje Jovanovo 2:23). Zbog toga je On pripremio mjesta stanovanja shodno sa mjerom vjere.

Poslanica Rimljanima 12:3 kaže: „*Jer kroz blagodat koja je meni data kažem svakome koji je među vama da ne mislite za sebe više nego što valja misliti; nego da mislite u smjernosti kao što je kome Bog udjelio mjeru vjere.*"

Zato treba da shvatite da mjesto stanovanja i slava svake osobe na nebu će se razlikovati shodno sa njegovom mjerom vjere.

Vaše mjesto stanovanja na nebu će biti određeno u zavisnosti od stepena vaše sličnosti sa srcem Božjim. Mjesto stanovanja u vječnom nebu biće dodeljeno u skladu sa tim koliko ste kao duhovna osoba ispunili nebo u vašem srcu.

Na primjer, recimo da se dijete i odrastao čovjek takmiče u nekom sportu ili vode diskusiju. Dječji svijet i svijet odraslih su toliko različiti da će djetetu uskoro biti dosadno da bude sa odraslima. Za djecu, način razmišljanja, jezik, i djela su veoma različita od onih kod odraslih. Bilo bi zabavno kada se djeca igraju sa djecom, mladež sa mladeži, i odrasli sa odraslima.

Ovo je isto duhovno. Pošto je svačiji duh različit, Bog ljubavi i pravednosti je podjelio nebeska mjesta stanovanja shodno sa mjerom vjere kako bi Njegova djeca mogla da žive sretno.

Gospod dolazi posle pripremanja nebeskih mjesta stanovanja

U Jevanđelju po Jovanu 14:3, Gospod je obećao da će se vratiti i odvesti vas u kraljevstvo nebesko nakon što završi pripremanje mjesta stanovanja na nebu.

Pretpostavimo da imamo čovjeka koji je jednom primio milost Božju i dobio mnogo nagrada na nebu zato što je bio vjeran. Ali ako se vrati na svjetovne načine života, on otpada od spasenja i završava u paklu. I njegove brojne nebeske nagrade postaće bezvrijedne. Čak iako ne ode u pakao, njegove nagrade mogu ipak postati ništa.

Ponekad ako razočara Boga time što će ga osramotiti iako je nekad bio odan, ili ako se vrati jedan nivo unazad ili ostane na istom nivou u njegovom hrišćanskom životu iako je trebao da samo napreduje, njegove nagrade će nestati.

Ipak, Gospod će se sjetiti svega što ste radili i pokušali za kraljevstvo Božje kad ste bil vjerni. Takođe, ako posvetite vaše srce time što ćete ga očistiti Svetim Duhom, vi ćete biti sa Gospodom kada se On vrati i bićete blagosloveni ostankom na mjestu koje sija kao sunce na nebu. Zato što Bog želi da sva Božja djeca budu savršena, On kaže: *„I kad otidem i pripravim vam mjesto, opet ću doći, i uzeću vas k Sebi da i vi budete gdje sam Ja.“* Isus želi da se vi očistite baš kao što je i Gospod čist, posteći na ovom svijetu nade.

Kada je Isus ispunio potpuno Božju volju i mnogo Ga slavio, Bog je slavio Isusa i dao Mu novo ime: „Kralj kraljeva i Gospod gospodara." Na isti način, koliko više slavite Boga na ovom svijetu, Bog će vas voditi do slave. Zavisno od toga koliko ličite na Boga i koliko vas Bog voli, vi ćete živjeti bliže Božjem prijestolju na nebu.

Nebeski stanovi čekaju na svoje gospodare, djecu Božju, baš kao i mlade koje su spremne za svoje mladoženje. Zbog toga apostol Jovan piše u Otkrovenju 21:2: *„I ja videh grad sveti, Jerusalim nov, gdje silazi od Boga s neba, pripravljen kao nevjesta ukrašena mužu svom.“*

Čak i najbolje poštovanje prelijepe mlade ovoga svijeta ne može se uporediti sa udobnošću i srećom nebeskih stanova. Kuće na nebu imaju sve i obezbjeđuju sve čitajući misli gospodara kako bi oni mogli da žive najsrećnije zauvjek.

Poslovice 17:3 bilježe: *„Topionica je za srebro i peć za zlato, a srca iskušava GOSPOD.“* Zato, ja se molim u ime Gospoda Isusa Hrista da vi shvatite da Bog pročišćava ljude da bi ih načinio Svojom istinskom djecom, da posvetite sebe sa nadom za Novi Jerusalim, i da silno napredujte prema najboljem od neba tako što ćete biti odani u cijeloj Božjoj kući.

Poglavlje 5

Kako ćemo živjeti na nebu?

1. Cjelokupan način života na nebu
2. Odjeća na nebu
3. Hrana na nebu
4. Transport na nebu
5. Zabava na nebu
6. Bogosluženje, edukacija i kultura na nebu

I imaju tjelesa nebeska i tjelesa zemaljska,
ali je druga slava nebeskim,
a druga zemaljskim.
Jedna je slava suncu,
a druga slava mjesecu,
i druga slava zvijezdama;
jer se zvijezda od zvijezde razlikuje u slavi.

1. Korinćanima Poslanica 15:40-41

Radost na nebu ne može da se uporedi čak ni sa najboljim i najljepšim stvarima na ovoj zemlji. Čak iako uživate sa vašim voljenima na plaži sa pogledom na horizont, ova vrsta radosti je samo momentalna i nije istina. U jednom uglu vaših umova, još uvjek postoje brige o stvarima sa kojima se treba suočiti kada se vratite svakodnevnom životu. Ako nastavite sa ovim načinom života mjesec dana ili dva, ili čak i godinu, vama će uskoro postati dosadno i počećete da tražite nešto novo.

Međutim, život na nebu, gdje je sve čisto i divno kao kristal, je sam po sebi sreća zato što je sve konstantno novo, misteriozno, radosno i sretno. Vi možete da provodite divno vijreme sa Bogom Ocem i Gospodom, ili možete da uživate u vašim hobijima, omiljenim igrama, i svim drugim interesantnim stvarima koliko god želite. Hajde da pogledamo kako će djeca Božja živjeti kada odu na nebo.

1. Cjelokupan način života na nebu

Iako će se vaše fizičko tijelo na nebu promeniti u duhovno tijelo, koje se sastoji od duha, duše, i od tijela, vi ćete moći da prepoznate vašu suprugu, muža, djecu, i roditelje na ovoj zemlji. Vi ćete takođe prepoznati vašeg pastira ili ovce iz vašeg stada na ovoj zemlji. A sjećaćete se i onoga što je bilo zaboravljeno na ovoj zemlji. Bićete mnogo mudri zato što ćete moći da razaznate i razumijete Božju volju.

Neki će se možda pitati: „Da li će svi moji grijehovi biti

pokazani na nebu?" To neće biti tako. Ako ste se već pokajali, Bog se neće sjetiti vaših grijehova dokle god je istok odvojen od zapada (Psalmi 103:12), većće se sjetiti samo vaših dobrih djela jer će vaši grijehovi već biti oprošteni do vremena kada budete na nebu.

Onda, kada odete na nebo, kako ćete se promeniti i živjeti?

Nebesko tijelo

Ljudska bića i životinje na ovoj zemlji imaju svoj sopstveni oblik tako da je svako živo biće prepoznatljivo bilo da je slon, lav, orao ili ljudsko biće.

Baš kao što postoji tijelo sa svojim oblikom u ovom trodimenzionalnom svijetu, postoji i jedinstveno tijelo na nebu, koje je četvorodimenzionalni svijet. Ono je nazvano nebesko tijelo. Na nebu vi ćete prepoznati jedni druge po ovome. Onda, kako će nebesko tijelo izgledati?

Kada se Gospod vrati u vazduhu, svako od vas se menja u uskrslo tijelo koje je duhovno tijelo. Ovo uskrslo tijelo će se promjeniti u nebesko tijelo, koje je na većem nivou, poslije Strašnog Suda. U skladu sa nagradama svakog pojedinca, svjetlo slave koje sija iz ovog nebeskog tijela će biti drugačije.

Nebesko tijelo ima kosti i meso kao tijelo Isusa poslije Njegovog uskrsnuća (Jevanđelje po Jovanu 20:27), ali to je novo tijelo koje je sastavljeno od duha, duše i neuništivog tijela. Naše trošno tijelo se menja u novo tijelo pomoću riječi i moći Božje.

Nebesko tijelo koje se sastoji od vječno neuništivih kostiju i mesa će sijati zato što je obnovljeno i čisto. Čak iako nekome nedostaje ruka ili noga, ili je hendikepiran, nebesko tijelo će biti oporavljeno u savršeno tijelo.

Nebesko tijelo nije slabo kao sjenka već ima jasan oblik, i nije pod kontrolom vremena i prostora. Zbog toga, kada se Isus pojavio ispred svojih učenika poslije Njegovog uskrsnuća, On je mogao slobodno da prolazi kroz zidove (Jevanđelje po Jovanu 20:26).

Tijelo na ovoj zemlji imaće bore i biće grubo kada ostari, ali nebesko tijelo biće osvježeno kao neuništivo tijelo tako da će uvjek zadržati mladost i sijati kao sunce.

Godina trideset treća

Mnogi ljudi se pitaju da li je nebesko tijelo veliko kao kod odraslog čovjeka ili malo kao kod djeteta. Na nebu, svako, bilo da jeste ili nije umro mlad ili star, on će vječno imati mladost od trideset tri godine, godine Isusa kada je On bio razapet na ovoj zemlji.

Zašto vam Bog dozvoljava da na nebu živite vječno sa trideset tri godine? Baš kao što je sunce najjače u podne, čovjek je na vrhuncu snage oko trideset treće godine starosti.

Oni koji su mlađi od trideset godine možda će biti malo neiskusni i nezrijeli, a oni koji su iznad četrdesetih gube svoju energiju starenjem. Ipak, oko trideset treće godine, ljudi su zrijeli i lijepi u svakom pogledu. Takođe, mnogi od njih se vjenčavaju, rađaju i podižu djecu tako da razumiju, do neke tačke, Božje srce koje kultiviše ljudska bića na ovoj zemlji.

Na ovaj način, Bog vas menja u nebesko tijelo kako bi vi na nebu zauvjek zadržali doba od trideset tri godine, najlepše doba ljudskih bića.

Biološka veza ne postoji

Ako živite na nebu zauvjek sa fizičkim izgledom iz vremena kada ste napustili ovaj svijet, koliko smešno bi to bilo? Hajde da kažemo da je čovjek umro sa četrdeset godina i otišao na nebo. Njegov sin je otišao na nebo sa pedeset, a njegov unuk je umro sa devedeset godina i otišao na nebo. Kada se svi oni sretnu na nebu, unuk bi bio najstariji, a deda najmlađi.

Zato će na nebu, gdje Bog vlada Svojom pravednošću i ljubavlju, svako biti star trideset tri godine, a ovozemaljska biološka i fizička veza ne važi.

Niko nikoga ne zove „oče," „majko," „sine," ili „kćeri" na nebu iako su oni bili roditelji i djeca na ovoj zemlji. To je zato što je svako svakome brat i sestra kao dijete Božje. Pošto znaju da su bili roditelji i djeca na ovoj zemlji i voljeli jedni druge veoma mnogo, oni mogu gajiti još posebniju ljubav jedni za druge.

Međutim, šta ako majka ode u Drugo nebesko kraljevstvo a njen sin u Novi Jerusalim? Na ovoj zemlji, naravno, sin mora da služi majku. Na nebu, međutim, majka će se klanjati svom sinu zato što on više liči na Boga Oca, i svjetlost koja izlazi iz njegovog nebeskog tijela biće mnogo sjajnija nego njena vlastita.

Zato druge ne zovete po imenima i titulama kao što ste to činili na ovoj zemlji, već Bog Otac svakome daje nova, prikladna imena koja imaju duhovna značenja. Čak i na ovoj zemlji, Bog je promjenio ime Abram u Avram, Saraja u Sara, i Jakov u Izrael, što znači da se on borio sa Bogom i pobjedio.

Razlika između muškaraca i žena na nebu

Na nebu nema brakova, ali ipak postoji jasna razlika između muškaraca i žena. Prije svega, muškarci su visoki od 183 do 188 cm, a žene su bile po desetak centimetra niže.

Neki ljudi se mnogo brinu zbog njihove visine pošto su suviše niski ili suviše visoki, ali nema potrebe za takvom brigom na nebu. Takođe, nema potrebe za brigom o težini zato što će svako imati najzgodniji i najlepši stas.

Nebesko tijelo ne osjeća nikakvu težinu čak iako izgleda kao da ima težinu, tako da čak iako neko hoda po cvijeću, ono se neće ispresovati ili zgnječiti. Nebesko tijelo ne može biti izmjereno, ali to nije nešto što može biti oduvano vjetrom zato što je vrlo stabilno. Imati težinu čak iako je ne osjećate, znači da ono ima oblik i izgled. To je kao kada podignete list papira, vi ne osećate težinu ali vi znate da ima svoju težinu.

Kosa je plava i pomalo talasasta. Muška kosa dolazi do vrata, ali kosa ženska se razlikuje od žene do žene. Dugačka kosa kod žena znači da je ona dobila velike nagrade, a najduža kosa dolazi do struka. Zato je ogromna slava i ponos za ženu da ima dugačku kosu (1. Poslanica Korinćanima 11:15).

Na ovoj zemlji, većina žena se nada i pokušava da ima bijelu i nežnu kožu. One koriste kozmetičke proizvode da održe svoju kožu čvrstom i nježnom bez ijedne bore. Na nebu, svako će imati besprekornu kožu koja je tako bijela, jasna i čista, i sija svjetlom slave.

Šta više, pošto nema zla na nebu, nema potrebe da se nosi šminka ili da se brinete o spoljašnjem izgledu zato što tamo sve prelijepo izgleda. Svjetlo slave koje izlazi iz nebeskog tijela će sijati belje, čistije i svjetlije shodno sa stepenom do koga je svako postao potpuno posvećen i liči na srce Gospoda. Takođe, red se ovim vodi i održava.

Srce nebeskih ljudi

Ljudi sa nebeskim tijelom imaju srce samog duha, koje je u predivnoj prirodi i nema ni malo zla. Baš kao što i ljudi žele da imaju i da dotaknu ono što je dobro i lijepo na ovoj zemlji, čak i srce ljudi sa nebeskim tijelom želi da osjeti ljepotu drugih, da ih pogleda i da ih sa oduševljenjem dotakne. Ipak, pohlepa ili mržnja uopšte ne postoje.

Takođe, ljudi na ovoj zemlji se mijenjaju shodno sa svojim potrebama, i oni se osjećaju umorno od stvari, čak iako su one lijepe i dobre stvari. Srce ljudi sa nebeskim tijelom nema lukavost i nikada se ne menja.

Na primjer, ljudi na ovoj zemlji, ako su siromašni, mogu da jedu slatko čak i jeftinu i manje kvalitetnu hranu. Ako postanu malo bogatiji, oni nisu zadovoljni sa onim što je ranije bilo ukusno i nastavljaju da traže bolju hranu. Ako kupite novu igračku za djecu, ona će biti mnogo srećna na početku, ali nakon nekoliko dana će osjećati odvratnost prema njoj i tražiće novu. Na nebu, međutim, nema takvog razmišljanja, tako da ako vam se jednom nešto zasviđa, sviđaće vam se zauvjek.

2. Odjeća na nebu

Neki možda misle da će odjeća na nebu biti ista, ali nije tako.

Bog je Stvoritelj, i Pravedni Sudija koji vraća shodno sa onim šta ste činili. Prema tome, baš kao što se nagrade na nebu razlikuju, i odjeća će se takođe razlikovati u skladu sa djelima na ovoj zemlji (Otkrivenje Jovanovo 22:12). Onda, kakvu vrstu odjeće ćete da imate na sebi i kako ćete je ukrasiti na nebu?

Nebeska odjeća različite boje i modela

Na nebu, svako će u suštini nositi svjetlu, bijelu i sjajnu odeću. Ona je tako meka kao svila i tako laka kao da nema težinu, i prelijepo leprša.

Zato što se razlikuje stepen do koga je svako prosvećen, svjetlost koja izlazi iz odjeće i njen sjaj se razlikuju. Što više neko liči na Božje sveto srce, tim će svjetlije i brilijantnije njegova odjeća sijati.

Takođe, u zavisnosti od toga koliko ste radili za kraljevstvo Božje i Njega slavili, različite vrste odjeće raznih modela i materijala će biti davana.

Na ovoj zemlji, ljudi nose različitu vrstu odjeće shodno sa njihovim socijalnim i ekonomskim statusom. Isto i na nebu, vi ćete nositi raznobojniju odjeću u više modela kako dobijate veću poziciju na nebu. Takođe, frizure i oprema su različite.

Šta više, u ranija vremena ljudi su međusobno prepoznavali društvenu klasu samo gledajući u boju njihove odjeće. Na isti način, nebeski ljudi mogu da prepoznaju poziciju i vrijednost nagrada datih svakome čak i na nebu. Kad neko nosi odjeću posebnih boja i modela različitu od drugih znači da je taj dobio veću slavu.

Zato, oni koji su ušli u Novi Jerusalim ili su mnogo

doprineli za kraljevstvo Božje dobijaju najljepšu, najšareniju i najbrilijantniju odeću.

Sa jedne strane, ako niste mnogo učinili za kraljevstvo Božje, vi ćete dobiti samo malo odjeće na nebu. Sa druge strane, ako ste mnogo činili sa vjerom i ljubavi, vi ćete moći da dobijete nebrojanu odjeću mnogih boja i modela.

Nebeska odjeća sa različitim dekoracijama

Bog će dati odjeću sa različitim dekoracijama da pokaže slavu svakoga. Baš kao što je kraljevska porodica iz prošlosti izražavala svoju poziciju tako što je stavljala posebne dekoracije na odjeću, odjeća na nebu sa raznom dekoracijom će pokazivati nečiju nebesku poziciju i slavu.

Ima dekoracija zahvalnosti, hvale, molitve, radosti, slave i tako dalje koje mogu da se prišiju na odjeću na nebu. Kada pjevate hvalospjeve u ovom životu sa mislima zahvalnosti za ljubav i milost Boga Oca i Gospoda, ili kada pjevate da slavite Boga, On prima vaše srce kao prelijepu aromu i On stavlja dekoraciju hvale na vašu odjeću na nebu.

Dekoracije radosti i zahvalnosti biće prelijepo stavljene ljudima koji su bili iskreno radosni i zahvalni u njihovim srcima sećajući se milosti Boga Oca koji je dao vječni život i kraljevstvo nebesko čak i tokom nevolja i iskušenja na zemlji.

Sljedeće, dekoracija molitve biće stavljena onima koji su se molili svojim životom za kraljevstvo Božje. Među svima, međutim, najljepša dekoracija je dekoracija slave. Nju je najteže zaslužiti. Ona se daje samo onima koji su učinili sve za slavu Božju iz njihovih iskrenih srca. Baš kao što kralj ili predsjednik nagrađuje specijalnom medaljom ili počasnim medaljama vojnika koji je bio ugledan u svojoj službi, ova dekoracija slave je osobito data onima koji su se revnosno trudili za kraljevstvo Božje i odavali Njemu veliku slavu. Zato, onaj koji obuče odjeću sa dekoracijom slave je onaj koji je najplemenitiji od svih u kraljevstvu nebeskom.

Nagrade u krunama i dragom kamenju

Postoji nebrojano drago kamenje na nebu. Neko drago kamenje se daje kao nagrada i stavlja se na odjeću. U Knjizi Otkrivenja čitate da Gospod nosi zlatnu krunu i ešarpu oko Njegovih prsa, što su i nagrade date Mu od Boga.

Biblija pominje mnogo vrsta kruna. Standardi za dobijanje kruna i vrijednost kruna se razlikuju jer se daju kao nagrade.

Ima mnogo vrsta kruna koje se daju shodno sa djelima svakog pojedinca kao što je neuništiva kruna data onima koji se takmiče u sportskim igrama (1. Poslanica Korinćanima 9:25), kruna slave data onima koji su slavili Boga (1. Petrova Poslanica 5:4), kruna života data onima koji su bili vjerni do tačke smrti (Jevanđelje po Jovanu 1:12; Otkrivenje Jovanovo 2:10), zlatna kruna koju 24 starešine nose oko Trona Božjeg (Otkrivenje Jovanovo 4:4, 14:14), i kruna pravednosti za kojom je apostol Pavle žudio (2. Timotejeva Poslanica 4:8).

Takođe, ima kruna mnogih oblika koje su ukrašena dragim kamenjem kao što je zlatom dekorisana kruna, kruna od cvijeća, kruna od bisera, i tako dalje. Po kruni koju neko primi, vi možete da prepoznate njegovu svetost i nagrade.

Na ovoj zemlji svako može da kupi drago kamenje ako ima

novac, ali na nebu vi možete da imate drago kamenje samo kad vam je dato kao nagrada. Faktori kao što je broj ljudi koje ste odveli ka spasenju, količina ponude koju ste dali iskrenim srcem, i granica vaše vjere određuju različite nagrade koje će vam biti date. Zato, drago kamenje i krune moraju da se razlikuju zato što se daju shodno sa djelima svakog pojedinca. Takođe, svjetlo, ljepota, blistavost i broj dragog kamenja i kruna su takođe različiti.

To je isto i sa nebeskim mjestima stanovanja i kućama. Mjesta stanovanja razlikuju se u skladu sa vjerom svakoga; veličina, ljepota, sjaj zlata i drugog dragog kamenja pojedinih kuća se razlikuju. Imaćete jasniji pogled na ove stvari o nebeskim mjestima stanovanja od poglavlja 6 nadalje.

3. Hrana na nebu

Kada su prvi čovjek Adam i Eva živjeli u Edenskom vrtu, oni su jeli samo voće i biljke koje rađaju sjeme (Knjiga Postanka 1:29). Međutim, kada je Adam bio izbačen iz Edenskog vrta zbog njegove neposlušnosti, oni su počeli da jedu biljke iz polja. Poslije velikog potopa, ljudima je dozvoljeno da jedu meso. Na ovaj način, kako je čovjek postajao zlobniji, i vrsta hrane se prema tome menjala.

Šta ćete, onda, vi jesti na nebu, gdje uopšte nema zla? Neki se možda pitaju da li nebesko tijelo takođe mora da jede? Na nebu, možete piti Vodu Života, i jesti ili mirisati mnogo vrsta voća da bi primili radost.

Disanje nebeskog tijela

Kao što mi, ljudska vrsta, dišemo na zemlji, nebeska tijela dišu na nebu. Naravno, nebesko tijelo ne mora uopšte da diše, ali može da se odmara dok diše, na način na koji vi dišete na zemlji. Tako da može da diše ne samo pomoću nosa ili usta, već takođe i očima ili svim ćelijama u tijelu, ili čak i srcem.

Bog udiše mirise tamjana vaših srca zato što je On Duh. On je bio zadovoljan žrtvama pravednih ljudi i mirisao je sladak miris iz njihovih srca u doba Starog Zavjeta (Knjiga Postanka 8:21). U Novom Zavjetu, Isus, koji je čist i neporočan, dao je Sebe zbog nas, ponudu i žrtvu Bogu kao mirisnu aromu (Poslanica Efežanima 5:2).

Dakle, Bog dobija aromu iz vaših srca kada vi bogoslužite, molite se ili pjevate hvalu vašim iskrenim srcem. Onoliko koliko ličite na Gospoda i postajete pravedni, vi možete da širite aromu Hrista, što se redom prima kao dragocijeni dar Bogu. Bog prima vaše hvale i molitve sa zadovoljstvom kroz disanje.

U Jevanđelju po Mateju 26:29, vidite da se Gospod moli za vas još odkako se On popeo na nebo, bez da je išta jeo poslednja dva milenijuma. Isto tako, na nebu, nebesko tijelo može da živi čak i bez jela i disanja. Vi lično ćete živjeti vječno kada odete na nebo zato što ćete se promjeniti u nebesko tijelo koje nikad ne umire.

Kada nebesko tijelo diše, međutim, ono može da osjeti više radosti i sreće, i duh postaje podmlađen i obnovljen. Baš kao što i ljudi drže dijetu da sačuvaju svoje zdravlje, nebesko tijelo uživa u disanju mirisnih aroma na nebu.

Tako da kada mnogo cvijeća i voća ispušta mirise, nebesko

tijelo udiše taj miris. Čak iako cvijeće stalno odaje isti miris, ono će se uvjek osjećati radosno i zadovoljno.

Šta više, kada nebesko tijelo primi prelijepi miris cvijeća i voća, taj miris prodire u tijelo kao parfem. Tijelo ispušta miris sve dok potpuno ne nestane. Isto kao što se osjećate dobro kada stavite parfem na ovoj zemlji, nebesko tijelo se osjeća srećnije kada miriše zbog prelijepog mirisa.

Pražnjenje kroz dah

Kako, onda, ljudi jedu i nastavljaju svoj život na nebu? U Bibliji vidite da se Gospod pojavio pred Njegovim učenicima poslije Svog uskrsnuća, i ili je ispustio dah (Jevanđelje po Jovanu 20:22) ili je uzeo nešto hrane (Jevanđelje po Jovanu 21:12-15). Razlog zbog koga je vaskrsli Gospod uzeo nešto hrane nije bio taj što je On bio gladan, već da podijeli radost sa učenicima i da vam da do znanja da i vi možete da jedete na nebu kao nebesko tijelo. Zbog toga je zapisano u Bibliji da je Isus Hrist uzeo malo hleba i ribe za doručak posle Njegovog vaskrsnuća.

Onda, zašto vam Biblija govori da je Gospod disao čak i pošto je vaskrsao? Kada uzmete hranu na nebu, ona se odmah rastvara i oslobađa se kroz disanje. Na nebu, hrana se rastavlja u momentu i napušta tijelo kroz dah. Tako da nema potrebe za lučenjem ili toaletima. Koliko udobno i čudesno je da konzumirana hrana napušta tijelo kroz disanje kao miris i rastvara se!

4. Transport na nebu

Kroz istoriju čovječanstva, kako je civilizacija i nauka napredovala, izumljeni su brži i udobniji načini prevoza kao što su kočije, teretna kola, automobili, brodovi, vozovi, avioni, i tako dalje.

I na nebu postoji mnogo prevoznih sredstava. Postoji sistem javnog prevoza kao nebeski voz i privatna sredstva prevoza kao što je automobil-oblak i zlatni vagoni.

Na nebu, nebesko tijelo može da ide veoma brzo ili čak može i da leti jer ide izvan prostora i vremena, ali mnogo je zabavnije i ljepše da se koristi prevoz koji je dat kao nagrada.

Putovanja i prevoz na nebu

Koliko srećno i radosno bi to bilo da možete da putujete po nebu da gledajući sve i da vidite sve prelijepe i čudesne stvari koje je Bog stvorio!

Svaki ugao neba ima jedinstvenu ljepotu, i tako da možete da uživate u svakom njegovom dijelu. Ipak, pošto se srce nebeskog tijela nikada ne menja, nikada mu nije dosadno ili naporno da ponovo posjeti isto mjesto. Tako da je putovanje na nebu uvjek takva zabava i interesantna stvar.

Nebesko tijelo zapravo ne treba da bude u bilo kom prevoznom sredstvu zato što nikada ne može da se umori, a čak može i da leti. Međutim, korišćenje različitih vozila stvara vam osjećaj veće udobnosti. To je isto kao što je voziti se autobusom malo udobnije nego pješačiti, a voziti se taksijem ili autom je malo udobnije nego voziti se autobusom ili ići podzemnom železnicom na ovoj zemlji.

Tako da ako se vozite nebeskim vozom, koji je dekorisan mnogim bojama dragog kamenja, vi možete otići do vaše destinacije čak i bez pruge, i on može da se slobodno pomjera desno i lijevo, ili čak gore i dole.

Kada ljudi iz Raja odu u Novi Jerusalim, oni će se voziti u nebeskom vozu zato što su ova dva mjesta prilično udaljena jedno od drugog. Ovo je veliko uzbuđenje za putnike. Leteći kroz blistavu svjetlost, oni mogu da vide lijepe nebeske pejzaže kroz prozore. Oni se osjećaju čak i srećnije pri pomisli da će videti Boga Oca.

Među sredstvima prevoza na nebu, postoji i zlatan vagon u kome se posebna osoba u Novom Jerusalimu vozi kada ide u obilazak neba. On ima bela krila, i ima dugme unutra. Sa tim dugmetom, on će se potpuno automatski pokretati, a može da ide ili čak da leti, onako kako vlasnik poželi.

Automobil oblak

Oblaci na nebu su kao dekoracija koja dodaje ljepoti neba. Tako da kada nebesko tijelo ide negdje okruženo oblacima, tijelo sija više nego kada ide bez oblaka. Ono takođe može da učini da drugi osjećaju i poštuju dostojanstvo, slavu i vlast oblačastog duhovnog tijela.

Biblija kaže da Gospod dolazi sa oblacima (1. Poslanica Solunjanima 4:16-17), i to je zato što je dolazak sa oblacima slave mnogo veličanstvenije, dosojanstvenije i ljepše nego dolazak u vazduh bez ičega. Na isti način oblaci na nebu postoje da uvećaju slavu djeci Božjoj.

Ako ste kvalifikovani da uđete u Novi Jerusalim, vi možete da imate mnogo čudesniji automobil oblak. To nije oblak formiran od pare kao na ovoj zemlji, već je napravljen od oblaka slave na nebu.

Automobil oblak pokazuje slavu, dostojanstvo i vlast svog vlasnika. Međutim, ne može svako da ima automobil oblak zato što je on dat samo onima koji su kvalifikovani da uđu u Novi Jerusalim time što su potpuno posvećeni i vjerni u cijeloj Božjoj kući.

Oni koji uđu u Novi Jerusalim mogu da idu bilo kuda sa Gospodom vozeći ovaj automobil oblak. Tokom vožnje, nebeska vojska i anđeli ih prate i služe im. To je isto kao kada mnogo ministara služe kralju ili princu kada je on na putu. Zato pratnja i služba nebeske vojske i anđela ističu vlast i slavu vlasnika.

Automobile oblake obično voze anđeli. Postoje oni sa jednim sedištem za privatnu upotrebu, ili sa više sedišta gdje više ljudi mogu da se voze zajedno. Kada osoba u Novom Jerusalimu igra golf i kreće se po polju, automobil oblak dolazi i zaustavlja se pored gospodarevih stopala. Kada on uđe u njega, vozilo se u momentu pomera ka lopti veoma nežno.

Zamislite da letite na nebu, vozite automobil oblak u pratnji nebeske vojske i anđela u Novom Jerusalimu. Takođe, zamislite da vozite automobil oblak sa Gospodom, ili da putujete širokim veličanstvenim nebom u nebeskom vozu sa svojim voljenima. Vi ćete vjerovatno biti preplavljeni radošću.

5. Zabava na nebu

Neki možda misle da nema mnogo zabave živjeti kao nebesko tijelo, ali nije tako. Vi se umarate i ne možete biti u potpunosti zadovoljni zabavom u ovom fizičkom svijetu, ali u duhovnom svijetu, „zabava" je uvjek nova i osvježavajuća.

Tako da čak i u ovom svijetu, što više ispunjavate čitav duh, možete da iskusite dublju ljubav i srećniji ste. Na nebu, vi možete da uživate ne samo u hobijima već takođe u mnogim vrstama zabava, i neuporedivo je zabavnije nego bilo koji oblik zabave na ovoj zemlji.

Uživanje u hobijima i igrama

Baš kao što ljudi na ovoj zemlji razvijaju svoje talente i čine svoje živote mnogo sadržajnijim kroz njihove hobije, vi možete da imate i da uživate u hobijima i na nebu. Možete da uživate ne samo u onome što ste voljeli na ovoj zemlji, već i u stvarima od kojih ste se uzdržavali kako bi radili Božja djela koliko god želite. Takođe možete da naučite nove stvari.

Oni koji vole muzičke instrumente mogu da hvale Boga svirajući na harfi. Ili možete da naučite da svirate klavir, flautu i mnoge druge instrumente, i možete da ih naučite mnogo brzo zato što svako postaje mnogo mudriji na nebu.

Takođe možete da razgovarate sa prirodom i nebeskim životinjama da upotpunite vaše uživanje. Čak i biljke i životinje raspoznaju djecu Božju, žele im dobrodošlicu, i izražavaju svoju ljubav i poštovanje za njih.

Dalje, možete da uživate u mnogim sportovima kao što su tenis, košarka, kuglanje, golf i paraglajding, ali ne i u nekim sportskim događajima, kao što su rvanje ili boks, koji mogu druge da ugroze. Uređaji i oprema nisu ni malo opasni. Oni su napravljeni od čudesnih materijala i ukrašeni su zlatom i dragim kamenjem kako bi dali više radosti i zadovoljstva dok se uživa u sportu.

Takođe, sportska oprema prepoznaje dobra srca ljudi i daje im više zadovoljstva. Na primjer, ako uživate u kuglanju, lopta ili kegle menjaju boju, i nameštaju svoju poziciju i razdaljinu kao što želite. Kegle padaju uz prelijepu svjetlost i radosni zvuk. Ako želite izgubite od vašeg partnera, kegle se pomjeraju u skladu sa vašom željom i čine vas srećnijim.

Na nebu, nema zla koje želi da pobjedi ili porazi nekog drugog. Pobjeda u igri je davati drugima još više zadovoljstva i dobiti. Neki se možda pitaju o značenju igre u kojoj niti ima pobjednika niti gubitnika, ali na nebu vi ne dobijate zadovoljstvo tako što ćete pobjediti nekoga. Igrati samu igru je radost.

Naravno, ima nekih igara sa kojima vi dobijate zadovoljstvo kroz dobro i pošteno takmičenje. Na primjer, postoji igra u kojoj pobjeđujete u zavisnosti od toga koliko ste udahnuli miris cvijeća, koliko dobro ćete ih pomješati na najbolji način i ispustiti najbolji miris, i slično.

Različite vrste zabava

Neki od onih koji vole arkadne igre pitaju da li na nebu ima takva stvar kao što su arkadne igre. Naravno da ima mnogo igara koje su zabavnije od onih na ovoj zemlji.

Igre na nebu, za razliku od onih na zemlji, vas nikada ne zamaraju ili pogoršavaju vaš vid. Sa njima vam nikada neće biti dosadno. Umjesto toga, one će vas podmladiti i smiriti. Kada pobjedite ili postignete najbolji rezultat, osjećate najveće zadovoljstvo i nikada ne gubite interesovanja.

Ljudi na nebu su u nebeskim tijelima, tako da se nikada ne plaše pada u vožnji u zabavnom parku, kao što je vožnja džinovskim toboganom. Oni samo osjećaju uzbuđenje i zadovoljstvo. Čak i oni koji imaju akrofobiju na ovoj zemlji mogu da uživaju u ovim stvarima na nebu koliko god žele.

Čak iako ispadnete iz tobogana, nećete se povrijediti zato što ste nebesko tijelo. Vi ćete pasti na zemlju mnogo bezbjedno kao majstor nekih borilačkih vještina, ili će anđeli da vas zaštite. Pa zamislite da se vozite na toboganu, vrišteći sa Gospodom, i sa svim vašim voljenima. Koliko srećno i bajno bi to bilo.

6. Bogosluženje, edukacija i kultura na nebu

Nema potrebe da radite za hranu, odjeću i pokućstvo na nebu. Tako da će se neki pitati: „Šta ćemo zauvjek raditi? Zar nećemo postati bespomoćni zbog dangubljenja?“ Međutim, nema uopšte potrebe da brinete.

Na nebu postoje mnoge stvari u kojima možete srećno uživati. Postoji mnogo vrsta interesantnih i uzbudljivih aktivnosti i događaja kao što su igre, edukacija, službe bogosluženja, zabave i festivali, putovanja i sportovi.

Od vas se ne zahtjeva niti ste prisiljeni da učestvujete u ovim aktivnostima. Svako sve radi dobrovoljno, i radi sa zadovoljstvom jer sve što radite pruža vam ogromnu sreću.

Radosno bogosluženje pred Bogom Stvoriteljem

Baš kao što posjećujete službe i služite Bogu u određeno vrijeme na ovoj zemlji, vi služite Bogu i na nebu u određeno vrijeme. Naravno, Bog drži propovjed i kroz Njegove poruke, vi možete da učite o Božjem porijeklu i duhovnom carstvu koje nema niti početak ni kraj.

Uopšteno, oni koji se izdvajaju u svojim studijama raduju se tim časovima i susretu sa učiteljem. Čak i u životu vjere, oni koji vole Boga i bogosluže u duhu i istini raduju se različitim službama bogosluženja i slušanju glasa pastira koji propovjeda riječživota.

Kada odete na nebo, radost i sreća vam je u služenju Bogu i radujete se da čujete Božju riječ. Možete da slušate Božju riječ kroz službe, imate vremena da razgovarate sa Bogom, ili da slušate riječ Gospoda. Takođe, postoji vrijeme za molitve. Ipak, vi ne klečite i ne molite se zatvorenih očiju kao što to radite na zemlji. To je vrijeme da popričate sa Bogom. Molitve na nebu su razgovori sa Bogom Ocem, Gospodom i Svetim Duhom. Koliko će srećno i sjajno to vrijeme biti!

Vi takođe možete pjevati hvale Bogu kao što radite na ovoj zemlji. Ipak, to nije ni na jednom jeziku ovog svijeta, veććete hvaliti Boga novim pjesmama. Oni koji su prošli kroz iskušenja zajedno ili sa članovima iste crkve na ovoj zemlji skupiće se zajedno sa svojim pastirom da bogosluže i da se druže.

Onda, kako ljudi zajedno služe na nebu, posebno ako su njihovi stanovi na različitim mjestima širom neba? Na nebu, svjetla nebeskih tijela se razlikuju u svakom mjestu boravka, tako da oni pozajmljuju prikladnu odeću da odu na druga mjesta višeg nivoa. Zato, da bi posjetili službu bogosluženja koja se održava u Novom Jerusalimu, koji je prekriven svjetlom slave, svi ljudi u drugim mjestima moraju da pozajme prikladnu odeću.

Uzgred rečeno, baš kao što možete da posjetite i gledate istu službu preko satelita u cijelom svijetu u isto vrijeme, istu stvar možete da uradite i na nebu. Vi možete da posjetite i da gledate službu koja se održava u Novom Jerusalimu sa svih drugih mjesta na nebu, ali ekran na nebu je tako prirodan da ćete osjećati kao da sami prisustvujete službi.

Takođe, možete da pozovete pra očeve vjere kao što je Mojsije ili apostol Pavle i da služite zajedno. Međutim, vi morate da imate prikladan duhovni autoritet da bi pozvali ove plemenite ličnosti.

Učenje o novim i dubokim duhovnim tajnama

Božja djeca nauče mnogo duhovnih stvari dok se kultivišu na ovoj zemlji, ali ono što ovde nauče je samo jedan korak na putu do neba. Poslije ulaska na nebo, oni počinju da uče o novom svijetu.

Na primjer, kada vjernici u Isusa Hrista umru, osim onih koji idu u Novi Jerusalim, oni ostaju u području koje je smješteno na ivici Raja, i tamo od anđela počinju da uče o etici i nebeskim pravilima.

Baš kao što ljudi na ovoj zemlji moraju da budu edukovani kako bi se prilagodili društvu tokom rasta, da bi živjeli u novom svijetu duhovnog kraljevstva, vi morate da budete naučeni do detalja kako da se ponašate.

Dok uče mnogo stvari na ovoj zemlji, neki se možda pitaju

zašto moraju još uvjek da uče na nebu. Učenje na ovoj zemlji je proces duhovnog treniranja, a pravo učenje počinje samo onda kada uđete na nebo.

Isto tako, nema kraja učenju zato što je kraljevstvo Božje bezgranično i traje zauvjek. Bez obzira koliko učite, vi ne možete potpuno da naučite o Bogu koji postoji još prije nastanka. Vi nikada ne možete potpuno znati dubinu Boga koji postoji vječno, koji kontroliše cio univerzum i sve stvari u njemu, i koji će za navjek biti tamo.

Zato možete da shvatite da ima nebrojanih stvari za učenje ako odete u bezgranično duhovno carstvo, i da je duhovno učenje veoma interesantno i zabavno, za razliku od nekih učenja na ovom svijetu.

Šta više, duhovno učenje nikada nije obavezno i nema ispita. Nikada ne zaboravite šta ste naučili, tako da nikada nije teško ni iscrpljujuće. Vama nikada neće biti dosadno ili dokono na nebu. Vi ćete jednostavno biti srećni da naučite čudesne i nove stvari.

Zabave, banketi i predstave

Na nebu ima i mnogo vrsta zabava i predstava. Ove zabave su vrhunac zadovoljstva na nebu. Tu ste na prvi pogled zaneseni i radosni od gledanja nebeskog bogatstva, slobode, ljepote i slave.

Baš kao i što se ljudi na ovoj zemlji najljepše ukrašavaju kako kad idu na prestižne zabave, i jedu, piju i uživaju u najboljim stvarima, vi možete da imate zabave sa ljudima koji se najljepše ukrašavaju. Zabave su ispunjene prelijepim plesovima, pjesmama, i zvukom smijeha sreće.

Takođe, ima mjesta kao što su Karnegi Hol (Carnegie Hall) u

Nju Jorku ili Sidnejska Opera (Sydney Opera House) u Australiji gdje možete da uživate u raznim predstavama. Predstave na nebu nisu da bi uzdizali sebe već samo da slavite Boga, da obradujete i usrećite Gospoda i djelite ih sa drugima.

Izvođači su uglavnom oni koji su najviše slavili Boga hvalospjevima, igrom, muzičkim instrumentima i predstavama na ovoj zemlji. Ponekad ovi ljudi mogu da izvode iste muzičke komade koje su izvodili na ovoj zemlji. Ili, oni koji su željeli da rade ove stvari na zemlji ali to nisu mogli zbog određenih okolnosti, mogu da hvale Boga novim pjesmama i novim plesovima na nebu.

Takođe, postoje bioskopi u kojima možete da gledate filmove. U Prvom ili Drugom kraljevstvu, ljudi obično gledaju filmove u javnim bioskopima. U Trećem kraljevstvu i Novom Jerusalimu, svaki stanovnik ima sopstvenu tehniku u svojoj kući. Ljudi mogu da vide filmove sami ili da pozovu svoje voljene da prate filmove dok jedu grickalice.

U Bibliji, apostol Pavle je bio u Trećem kraljevstvu, ali to nije mogao da otkrije drugima (1. Poslanica Korinćanima 12:4). Veoma je teško objasniti ljudima da razumiju nebo zato što to nije svijet dobro poznat i razumljiv ljudima. Umjesto toga, postoji velika mogućnost da će to ljudi pogriješno da razumiju.

Nebo pripada duhovnom carstvu. Ima mnogo stvari koje ne možete da razumijete ili da zamislite na nebu, gdje je sve ispunjeno srećom i zadovoljstvom koju vi nikad ne možete da iskusite na ovoj zemlji.

Bog je pripremio tako lijepo nebo za vas da živite, i On vas ohrabruje da imate dolične kvalifikacije da uđete u njega kroz Bibliju.

Zbog toga, ja se molim u ime Gospoda da vi možete da primite Gospoda sa radošću i doličnim kvalifikacijama koje su neophodne da bi bili spremni kao Njegova lijepa mlada kada se On vrati ponovo.

Poglavlje 6

Raj

1. Lepota i sreća Raja
2. Koja vrsta ljudi ide u Raj?

I reče mu Isus:
„Zaista ti kažem,
danas ćeš ti biti sa Mnom u Raju.“

Jevanđelje po Luki 23:43

Svi oni koji vjeruju u Isusa Hrista kao svog ličnog Spasitelja i čija imena su zapisana u knjizi života moći će da uživaju u vječnom životu na nebu. Već sam objasnio, međutim, postoje koraci u rastu vjere, a mjesta stanovanja, krune i nagrade date na nebu zavisiće od mjere vjere svakog pojedinca.

Oni koji više liče na Božje srce živeće mnogo bliže Božjem prijestolju, i što su dalje od Božjeg prijestolja, manje liče na Božje srce.

Raj je najdalje mjesto od Božjeg prijestolja koje ima najmanje svetlosti Božje slave, i to je najniži nivo na nebu. Ipak, on je još uvjek neuporedivo ljepši nego ova zemlja, čak i mnogo ljepši od Edenskog vrta.

Onda, kakvo mjesto je nebo i kakvi ljudi tamo idu?

1. Lepota i sreća Raja

Područje na ivici Raja se koristi kao Čekaonica do Sudnjeg Dana Bijelog prestolja (Otkrivenje Jovanovo 20:11-12). Osim onih koji su već otišli u Novi Jerusalim nakon što su ispunili Božje srce, i pomažu u Božjim djelima, svi ostali koji su od početka spašeni čekaju u područjima na ivici Raja.

Tako shvatate da je Raj tako širok da se njegova ivična područja koriste kao Čekaonica za tako mnogo ljudi. Mada je ovaj široki Raj najniže mjesto na nebu, ipak je neuporedivo ljepše i srećnije mjesto nego ova zemlja, mjesto prokleto od Boga.

Dalje, zato što je to mjesto gdje će ući oni koji su kultivisani na ovoj zemlji, tamo ima mnogo više sreće i radosti nego u Edenskom vrtu gdje je prvi čovjek Adam živio.

Sada, hajde da pogledamo ljepotu i radost Raja koje je Bog otkrio i obznanio.

Široke ravnice pune lijepih životinja i biljaka

Raj je kao široka ravnica gdje ima mnogo dobro organizovanih pašnjaka i lijepih vrtova. Mnogi anđeli održavaju i brinu o ovim mjestima. Pjesme ptica su tako jasne i čiste, i odjekuju kroz cijeli Raj. One izgledaju skoro kao ptice sa ove zemlje, ali malo su veće i imaju ljepše perje. Njihovo pjevanje u grupama je lijepo.

Takođe, drveće i cvijeće u vrtovima je tako svježe i predivno. Drveće i cvijeće ove zemlje vene kako vrijeme prolazi, ali u Raju drveće je uvjek zeleno a cvijeće nikada ne vene. Kada mu ljudi priđu, cvijeće se osmehuje, i ponekad odaje unikatni i pomješani miris na daljinu.

Svejže drveće rađa mnogo vrsta voća. Ono je malo veće nego voće sa ove zemlje. Kora je blistava i izgleda vrlo ukusno. Vi ne morate da oljuštite koru zato što nema prašine i crva. Kako lijepa i srećna će biti scena u kojoj ljudi sjede okolo na prelijepom pašnjaku i razgovaraju, sa korpama punim divnog i ukusnog voća?

Takođe, ima mnogo životinja na širokom pašnjaku. Među njima su i lavovi koji se takođe mirno hrane travom. Oni su mnogo krupniji od lavova na ovoj zemlji, ali nisu ni malo agresivni. Oni su tako ljupki jer imaju blag karakter i čistu, blistavu dlaku.

Rijeka vode života mirno teče

Rijeka vode života protiče čitavim nebom, od Novog Jerusalima do Raja, i nikada ne isparava i ne zagađuje se. Voda iz ove rijeke, koja potiče iz prijestolja Božjeg i osvježava sve, predstavlja srce Božje. To je čist i lijep um koj je besprekoran, nevin i brilijantan bez ikakve tame. Srce Božje je u svemu savršeno i potpuno.

Rijeka vode života koja mirno teče je kao svjetlucava morska voda koja na sunčanom danu reflektuje sunce. Ona je tako čista i providna da se ne može uporediti ni sa jednom vodom na ovoj zemlji. Gledajući sa neke razdaljine, ona izgleda plavo, i ona je kao plavo duboko more Mediterana ili Atlantskog okeana.

Tamo ima prelijepih klupa pored puta na svakoj strani Rijeke vode života. Oko klupa je drveće života koje daje voće svakog mjeseca. Voće drveta života je veće od voća sa ove zemlje, i ono miriše i tako je bajnog ukusa da ne može biti adekvatno opisano. Ono se topi kao šećerna vuna kada stavite jednu voćku u svoja usta.

Nema privatne svojine u Raju

Ljudi u Raju nose bijelu odeću izatkanu iz jednog dijela, ali nema nijedne dekoracije kao što je broš za odjeću ili ijedna kruna ili šnala za kosu. To je zbog toga što oni nisu učinili ništa za kraljevstvo Božje kada su živjeli na zemlji.

Isto tako, pošto svi oni koji idu u Raj nemaju nagrade, ne postoje privatna kuća, kruna, ukrasi ili anđeli dodjeljeni da im služe. Postoji samo mjesto gdje mogu da borave duše koje žive u

Raju. Oni žive na mjestu gdje služe jedan drugog.

Slično je i sa Edenskim vrtom gdje nema privatnih kuća za svakog stanara, ali ima značajna razlika u veličini sreće između dva mjesta. Ljudi u Raju mogu da nazivaju Boga: „Ava Oče“ zato što su prihvatili Isusa Hrista i primili Svetog Duha, tako da osjećaju radost koja ne može da se uporedi sa srećom Edenskog vrta.

Dakle, to je takav blagoslov i dragocijena stvar da ste rođeni na ovom svijetu, iskusili mnoge vrste dobrih i loših stvari, postali iskreno dijete Božje, i imate vjeru.

Raj pun sreće i radosti

Čak je i život u Raju prepun sreće i radosti u granicama istine zato što tamo nema zla i svako teži prvo ka dobrobiti drugih. Niko ne povređuje drugoga već samo služe jedni druge sa ljubavlju. Koliko će divan ovaj život da bude!

Šta više, ne morate da brinete o pokućstvu, odjeći i hrani, a sama činjenica da nema suza, tuge, bolesti, bola ili smrti je sreća.

> *I Bog će otrti svaku suzu od očiju njihovih, i smrti neće biti više, ni plača, ni vike, ni bolesti neće biti više; jer prvo prođe* (Otkrivenje Jovanovo 21:4).

Vi takođe vidite da baš kao što ima vođa anđela među svim anđelima, ima i rangiranje između ljudi u Raju, t.j. predstavnika i predstavljanih. Pošto su djela vjere svakog pojedinca različita, oni koji imaju relativno veću vjeru su postavljeni kao predstavnici da vode brigu o nekom mjestu ili o grupi ljudi.

Ovi ljudi nose drugačiju odjeću od običnih ljudi u Raju i imaju prednost u svemu. Ovo nije nešto nepravedno, već je sprovedeno Božjom nepristrasnom pravdom da uzvrati shodno sa djelima svakoga.

Pošto nema ljubomore i zavisti na nebu, ljudi nikada ne mrze i ne vređaju se kada su bolje stvari date drugima. Umjesto toga, oni su srećni i milo im je da vide da drugi dobijaju dobre stvari.

Treba da razumijete da je Raj neuporedivo ljepše i srećnije mjesto nego ova zemlja.

2. Koja vrsta ljudi ide u Raj?

Raj je divno mjesto koje je napravljeno u granicama Božje velike ljubavi i milosti. To je mjesto za one koji nisu dovoljno kvalifikovani da budu zvani istinskom Božjom djecom, ali znaju Boga i vjeruju u Isusa Hrista, i zato ne mogu biti poslati u pakao. Onda, koja tačno vrsta ljudi ide u Raj?

Pokajanje pred samu smrt

Kao prvo, Raj je mjesto za one koji su se pokajali pred samu svoju smrt i prihvatili Isusa Hrista da bi bili spašeni, kao razbojnik koji je visio sa jedne Isusove strane. Ako čitate Jevanđelje po Luki 23:39 pa nadalje, naići ćete da su dva razbojnika bila razapeta sa svake od Isusovih strana. Jedan od razbojnika je sipao uvrede na Isusa, a drugi je zamjerio prvom, pokajao se, i prihvatio Isusa kao svog Spasitelja. Onda je Isus rekao ovom drugom razbojniku, koji se pokajao, da je spašen. On je rekao razbojniku: „Zaista ti kažem danas, bićeš sa Mnom u raju." Ovaj razbojnik je samo prihvatio Isusa kao svog Spasitelja. On nije ni odbacio svoje grijehove niti je živio po Božjoj riječi. Zato što je prihvatio Gospoda baš prije nego što je umro, on nije imao vremena da uči o Božjoj riječi i radi u skladu sa njom.

Vi treba da razumijete da je Raj za one koji su prihvatili Isusa Hrista, ali nisu ništa učinili za kraljevstvo Božje, kao što je ovaj razbojnik opisan u Jevanđelju po Luki 23.

Ipak, ako mislite: „Ja ću prihvatiti Gospoda neposredno pre no što umrem tako da mogu da odem u Raj koji je tako srećno i lijepo mjesto, i ne može da se uporedi sa ovom zemljom," to je pogrešna ideja. Bog je dozvolio razbojniku sa jedne strane da bude spašen zato što je On znao da je razbojnik imao iskrenu namjeru da voli Boga do kraja, a ne da se odrekne Gospoda da je samo imao više vremena da živi.

Međutim, ne može svako da prihvati Gospoda pred samu smrt, i vjera ne može biti data u momentu. Zato treba da shvatite da je redak ovakav slučaj u kojem je razbojnik na jednoj strani Isusovoj bio spašen pred samu smrt.

Takođe, ljudi koji dobiju sramotno spasenje još uvjek imaju dosta zla u srcima čak i kad su spašeni, zato što su živjeli kako su oni željeli.

Oni će biti zahvalni Bogu zauvjek samo zbog činjenice da su u Raju i uživati u vječnom životu na nebu samo prihvatanjem Isusa Hrista kao svog Spasitelja, čak iako nisu ništa učinili sa vjerom na ovoj zemlji.

Raj je mnogo drugačiji od Novog Jerusalima gdje je Božji prijesto, ali sama činjenica da oni nisu otišli u pakao već su spašeni, čini ih mnogo srećnim i radosnim.

Nedostatak rasta u duhovnoj vjeri

Drugo, čak iako ljudi prihvate Isusa Hrista i imaju vjeru, oni dobijaju sramotno spasenje i idu u Raj ako nema rasta u njihovoj vjeri. Ne samo novi vjernici već i oni koji su vjerovali duže vrijeme moraju da idu u Raj ako njihova vjera ostane na prvom nivou vjere sve vrijeme.

Jednom, Bog mi je dozvolio da čujem ispovjest vjernika koji je imao vjeru duže vrijeme, a trenutno je boravio u Nebeskoj Čekaonici na ivici Raja.

On je bio rođen u porodici koja uopšte nije znala Boga i obožavala je idole, i počeo je da živi Hrišćanskim životom kasnije u svom životu. Ipak, pošto nije imao iskrenu vjeru, on je i dalje živio u granicama grijeha i izgubio je vid na jednom oku. On je shvatio šta je iskrena vjera nakon što je pročitao moju knjigu svjedočenja Probanje vječnog života prije smrti, učlanio se u ovu crkvu i kasnije otišao na nebo dok je vodio Hrišćanski život u ovoj crkvi.

Mogao sam da čujem njegovu ispovjest punu radosti što je spašen zato što je otišao u Raj nakon toliko patnje, tuge, bola, i bolesti tokom svog života ovde na zemlji.

„Toliko sam slobodan i srećan što sam došao ovdje gore nakon što sam odbacio svoje tijelo. Ne znam što sam pokušavao da držim tjelesnih stvari. One su sve bile besmislene. Pridržavati se tjelesnih stvari je tako besmisleno i beskorisno od kako sam došao ovdje

nakon što sam odbacio tijelo.

U mom životu na zemlji, bilo je perioda radosti i zahvalnosti, razočarenja i očaja. Ovdje, kada pogledam sebe u ovoj udobnosti i sreći, podsjetim se vremena kada sam pokušao da se držim besmislenog života i da ostanem u tom bezvrednom životu. Ali mojoj duši ništa ne nedostaje sada kada sam na ovom udobnom mjestu, i sama činjenica da mogu da budem na mjestu spasenja daje mi veliku radost.

Mnogo mi je udobno ovdje na ovom mjestu. Udobno mi je zato što sam odbacio svoje tijelo, i radujem se zato što sam došao na ovo mirno mjesto nakon iscrpljujućeg života na zemlji. Nisam stvarno znao da je tako radosna stvar odbaciti tijelo, ali toliko sam miran i radostan što sam odbacio tijelo i došao na ovo mirno mjesto.

To što nisam mogao da vidim, ni da hodam, ni da radim mnoge druge stvari bilo je sve fizički izazov za mene u to vrijeme, ali sada sam očaran i zahvalan nakon što sam primio vječni život i došao ovdje zato što osjećam da mogu da budem na ovakvom lijepom mjestu zbog svih tih stvari.

Ovo gdje sam nije Prvo kraljevstvo, Drugo kraljevstvo, Treće kraljevstvo, ili Novi Jerusalim. Ja sam samo u Raju, ali sam veoma zahvalan i radostan što jesam u Raju.

Moja duša je zadovoljna ovime.
Moja duša pjeva hvale na ovome.

Moja duša je srećna zbog ovoga.
Moja duša je zahvalna na ovome.

Ja sam radostan i zahvalan zato što sam završio siromašan i jadan život i došao da uživam u ovom udobnom životu."

Nazadovanje u vjeri zbog iskušenja

Konačno, postoje neki ljudi koji su bili ispunjeni vjerom, ali su postepeno u svojoj vjeri postali mlaki iz raznih razloga, i jedva su primili spasenje.

Čovjek koji je bio starješina u mojoj crkvi služio je odano u mnogim djelima crkve. Tako da se njegova vjera spolja činila velikom, ali on se iznenada jednog dana ozbiljno razbolio. Nije čak mogao ni da govori i došao je da primi moju molitvu. Umjesto da se molim za izlječenje, ja sam se molio za njegovo spasenje. U to vrijeme, njegova duša je patila od velikog straha zbog borbe između anđela koji su pokušavali da ga odnesu na nebo, i zlih duhova koji su htjeli da ga odvedu u pakao. Da je posjedovao dovoljno vjere da bude spasen, zli duhovi ne bi uopšte ni dolazili da ga uzmu. Tako da sam se odmah molio da otjeram zle duhove, i molio sam se Bogu da On primi ovog čovjeka. Odmah nakon molitve, on je dobio utjehu i prolio suze. On se pokajao baš prije nego što je umro i bio tek jedva spašen.

Isto tako, čak iako primite Svetog Duha i budete određeni na poziciju đakona ili starješine, bila bi sramota u Božjim očima da živite u granicama grijehova. Ako se ne preobratite od ove vrste mlakog duhovnog života, Sveti Duh u vama postepeno nestaje, i vi nećete biti spašeni.

> *Znam tvoja djela da nisi ni studen ni vruć; Želim da si studen ili vruć. Tako, budući mlak, i nisi ni studen ni vruć, izbljuvaću te iz usta Svojih* (Otkrivenje Jovanovo 3:15-16).

Zbog toga morate da shvatite da je odlazak u Raj vrlo sramno spasenje i da budete poletniji i snažniji u odrastanju vaše vjere.

Ovaj čovjek je jednom ozdravio pošto je u prošlosti primio moju molitvu i čak se njegova žena vratila u život sa praga smrti kroz moju molitvu. Slušajući riječi života, njegova porodica koja je imala mnogo problema postala je srećna porodica. Od tada, on je izrastao u vjernog Božjeg radnika kroz svoju istrajnost i bio je vjeran u svojim dužnostima.

Međutim, kada se crkva suočila sa iskušenjem, on nije pokušao da je štiti ili brani nego je umjesto toga dozvolio da njegove misli kontroliše Satana. Riječi koje su izlazile iz njegovih usta izgradile su veliki zid grijeha između njega i Boga. Konačno, on više nije mogao biti pod Božjom zaštitom i bio je napadnut ozbiljnom bolešću.

Kao Božji radnik, nije trebao ni da vidi ni da sluša išta što je protiv istine i Božje volje, ali umjesto toga, on je htio da sluša takve stvari i da ih širi. Bog je samo mogao da okrene Svoje lice od tog čovjeka zato što je on okrenuo leđa velikoj milosti Božjoj kao što je izlječenje od ozbiljne bolesti.

Zato su se njegove nagrade srušile i on više nije mogao da smogne snagu da se moli. Njegova vjera je opala i na kraju je dostigla tačku gdje on čak nije mogao biti siguran u spasenje.

Srećom, Bog se sjećao njegovih usluga crkvi u prošlosti. Tako da je čovjek mogao da primi sramno spasenje pošto mu je Bog dao milost da se pokaje za ono što je uradio ranije.

Pun zahvalnosti zato što je spašen

Dakle, kako bi se ispovjedao onda kada je već bio spašen i poslat u Raj? Zato što je bio spašen na raskrsnici neba i pakla, ja sam mogao da ga čujem kako se ispovjeda sa iskrenim mirom.

> **„Ja sam ovako spašen. Čak iako sam u Raju, ja sam zadovoljan zato što sam oslobođen od svih strahova i nevolja. Moj duh, koja bi otišla dole u tamu, ušla je u ovu lijepu i ugodnu svjetlost."**

Koliko će biti velika njegova radost nakon što se oslobodio straha od pakla! Ipak, pošto je on sramotno spašen kao starješina crkve, Bog mi je dozvolio da čujem njegovu molitvu pokajanja dok je boravio u Višem Grobu prije nego što je otišao u Čekaonicu u Raju. On se i tamo pokajao od svojih grijehova, i zahvalio mi se što sam se molio za njega. On se takođe zavjetovao Bogu da se neprestano moli za crkvu i mene kojem je služio sve dok se ne sretne sa njim ponovo na nebu.

Još od postanka ljudske kultivacije na ovoj zemlji, bilo je mnogo više ljudi koji su imali kvalifikacije da odu u Raj nego ukupan broj svih ljudi koji mogu da odu na bilo koje drugo mjesto na nebu.

Oni koji su jedva spašeni i idu u Raj su toliko zahvalni i srećni što mogu da uživaju u udobnosti i blagoslovu Raja zbog toga što nisu pali u pakao iako nisu vodili dolične Hrišćanske živote na zemlji.

Međutim, radost u Raju čak se ne može ni uporediti sa onom u Novom Jerusalimu, a takođe je i mnogo drugačija od sreće sledećeg nivoa, nebeskog Prvog kraljevstva. Zato treba da shvatite da ono što je bitnije za Boga nisu godine vaše vjere, već stav vašeg unutrašnjeg srca prema Bogu i ponašanje po Božjoj volji.

Danas, mnogo ljudi se odaje zadovoljstvima i živi u griješnoj prirodi dok izjavljuju da su primili Svetog Duha. Ovi ljudi jedva da mogu da prime sramno spasenje i odu u Raj, ili eventualno padnu u smrt što je pakao zato što će Sveti Duh u njima nestati.

Ili neki takozvani vjernici postaju arogantni kada mnogo slušaju i nauče o Božjoj riječi, i osuđuju i krive druge vjernike iako su ovi živjeli Hrišćanskim životom dugo vremena. Bez obzira koliko su zaneseni ili vjerni Božjem službovanju, nema nikakve koristi ako ne shvate zlobu u svojim srcima i otarase se svojih grijehova.

Zato, ja se molim u ime Gospoda da ti, dijete Božje koje je primilo Svetog Duha, odbaciš svoje grijehove i sve vrste zla i boriš se da se ponašaš samo po riječi Božjoj.

Poglavlje 7

Prvo kraljevstvo neba

1. Njegova ljepota i radost nadmašuju Raj

2. Koja vrsta ljudi ide u Prvo kraljevstvo?

Svaki pak koji se bori
od svega se uzdržava.
Oni dakle da dobiju raspadljiv vijenac,
a mi neraspadljiv.

1. Poslanica Korinćanima 9:25

Raj je mjesto za one koji su prihvatili Isusa Hrista ali nisu ništa učinili svojom vj erom. To je mnogo ljepše i srećnije mjesto nego ova zemlja. Dakle, koliko ljepše će biti nebesko Prvo kraljevstvo, mjesto za one koji su pokušali da žive po riječi Božjoj?

Prvo kraljevstvo je bliže Božjem prijestolju nego Raj, ali postoji mnogo ljepših mjesta na nebu. Ipak, oni koji su ušli u Prvo kraljevstvo biće zadovoljni time što im je dato, i biće srećni. To je kao zlatna ribica koja je zadovoljna što je u akvarijumu, i ne želi ništa drugo.

Vi ćete podrobnije pogledati kakvo mjesto je nebesko Prvo kraljevstvo, koje je viši nivo od Raja, i kakvi ljudi idu tamo.

1. Njegova ljepota i radost nadmašuju Raj

Pošto je Raj mjesto za one koji nisu ništa učinili sa vjerom, tamo neće biti lične svojine kao nagrada. Od Prvog kraljevstva pa naviše, međutim, lična svojina kao što su kuće i krune date su kao nagrade.

U Prvom kraljevstvu, čovjek živi u svojoj ili žena u svojoj vlastitoj kući i dobija krunu koja će trajati zauvjek. Posjedovanje sopstvene kuće na nebu je samo po sebi velika slava, tako da svako u Prvom kraljevstvu osjeća sreću koja se ne može uporediti sa onom Rajskom.

Lepo dekorisane privatne kuće

Lične rezidencije u Prvom kraljevstvu nisu odvojene kuće već su nalik ovozemaljskim apartmanima ili stanovima. Međutim, one nisu izgrađene od cementa ili cigala, već od divnih nebeskih materijala poput zlata i dragog kamenja.

Ove kuće nemaju stepeništa, već samo lijepe liftove. Na ovoj zemlji, vi morate da pritisnete dugme, ali na nebu oni automatski idu na sprat na koji želite.

Među onima koji su bili na nebu, ima onih koji svjedoče da su vidjeli apartmane na nebu, a to je zato što su vidjeli Prvo kraljevstvo među mnogim nebeskim mjestima. Ove apartmanima nalik kuće imaju sve što je potrebno za život, tako da nema nikakve neugodnosti.

Postoje muzički instrumenti za one koji vole muziku tako da mogu da sviraju na njima i knjige za one koji uživaju u čitanju. Svako ima svoj lični prostor gdje on ili ona mogu da odmaraju, i to je stvarno prijatno.

Na ovaj način, u Prvom kraljevstvu okruženje je napravljeno u skladu sa gospodarovim izborom. Tako da je ovo mnogo ljepše i srećnije mjesto nego Raj, i puno je radosti i ugodnosti koju nikad ne možete iskusiti na ovoj zemlji.

Javni vrtovi, jezera, bazeni i slično

Pošto kuće Prvog kraljevstva nisu usamljene kuće, ima javnih vrtova, jezera, bazena i golf terena. To je isto kao što ljudi na ovoj zemlji koji žive u stanovima i dele javne vrtove, teniske terene, ili bazene za kupanje.

Ova javna svojina ne može biti nikada pohabana ili slomljena jer je anđeli uvjek održavaju u najboljem stanju. Anđeli pomažu ljudima u korišćenj ove opreme, tako da nema neslaganja mada je to javna svojina.

U Raju nema anđela koji služe, već ljudi mogu da dobiju pomoć od anđela u Prvom kraljevstvu. Tako da ovdje oni osjećaju drugačiju vrstu radosti i sreće. Mada nema ni jednog anđela koji pripada nekoj posebnoj osobi, postoje anđeli koji vode računa o objektima.

Na primjer, ako želite da jedete neko voće kad razgovarate sa svojim voljenima dok sjedite na zlatnim klupama blizu Rijeke vode života, anđeli će odmah da vam donesu voće i uslužiće vas učtivo. Zato što ima anđela koji pomažu Božjoj djeci, radost i sreća koje se osjećaju, mnogo se razlikuju od onih u Raju.

Prvo kraljevstvo nadmašuje Raj

Čak i boje i mirisi cvijeća, i sjaj i ljepota životinjskog krzna se razlikuje od onih u Raju. To je zato što je Bog sve obezbjedio u skladu sa mjerom vjere ljudi na svakom mjestu neba.

Čak i ljudi na ovoj zemlji imaju drugačije standarde ljepote. Stručnjaci za cvijeće, na primjer, će suditi o ljepoti čak i jednog cvijeta na osnovu mnogih različitih kriterijuma. Na nebu, mirisi cvijeća u svakom nebeskom mjestu boravka su različiti. Čak i u okviru istog mjesta, svaki cvijet ima svoj poseban miris.

Bog je opremio cvijeće na takav način da će se ljudi u Prvom kraljevstvu osjećati najbolje kada pomirišu mirise cvijeća. Naravno, voće ima drugačiji ukus na različitim mjestima neba. Bog je dao i boje i miris svakom voću shodno sa nivoom svakog mjesta boravka.

Kako da se pripremite i poslužite kada primate nekog važnog gosta? Vi ćete pokušati da udovoljite ukusu gosta na način koji će pružiti najveće zadovoljstvo vašem gostu.

Isto tako, Bog je sve promišljeno obezbjedio kako bi Njegova djeca bila zadovoljna u svim aspektima.

2. Koja vrsta ljudi ide u Prvo kraljevstvo?

Raj je mjesto na nebu za one koji su na prvom nivou vjere, koji su spašeni vjerovanjem u Isusa Hrista, ali nisu ništa učinili za kraljevstvo Božje. Onda, koja vrsta ljudi ide u Prvo kraljevstvo neba koje je iznad Raja i uživa u vječnom životu tamo?

Ljudi koji pokušavaju da čine po Božjoj riječi

Prvo kraljevstvo neba je mjesto za one koji su prihvatili Isusa Hrista i pokušali da žive po Božjoj riječi. Oni koji su samo prihvatili Gospoda dolaze u crkvu nedeljom i slušaju riječ Božju, ali ne znaju šta je zapravo grijeh, zašto moraju da se mole, i zašto moraju da odbace svoje grijehove. Slično tome, oni koji su na prvom nivou vjere iskusili su radost prve ljubavi što su rođeni vodom i Svetim Duhom; ali ne shvataju šta je grijeh i još nisu otkrili svoje grijehove.

Ipak, ako dostignete drugi nivo vjere, shvatate grijehove i ispravnost uz pomoć Svetog Duha. Tako da vi pokušavate da živite po riječi Božjoj, ali ne možete odmah to da učinite. To je isto kao kad beba prvi put uči da hoda; ona će nastaviti da hoda i pada.

Prvo kraljevstvo je mjesto za ovu vrstu ljudi, koji pokušavaju da žive po riječi Božjoj, i krune koje vječno traju će biti date.

Baš kao što sportisti moraju da igraju po pravilima igre (2. Timotejeva Poslanica 2:5-6), djeca Božja moraju da vode dobru borbu vjere u skladu sa istinom. Ako ignorišete pravila duhovnog kraljevstva, koja su Božji zakon, kao i sportista koji ne igra po pravilima, vi imate mrtvu vjeru. Onda vi nećete biti smatrani učesnikom i nećete dobiti ni jednu krunu.

Ipak, za svakoga u Prvom kraljevstvu, kruna je data zato što su oni pokušali da žive po riječi Božjoj čak i iako njihova djela nisu bila dovoljna. Međutim, to je ipak sramno spasenje. To je zato što nisu živeli po Božjoj riječi u potpunosti iako su imali vjeru da stignu u Prvo kraljevstvo.

Sramotno spasenje ako djelo izgori

Onda, šta je tačno „sramotno spasenje?“ U 1. Poslanici Korinćanima 3:12-15, videćete da djelo koje je neko sagradio može ili da preživi ili da izgori.

> *Ako li ko zida na ovom temelju, zlato, srebro, drago kamenje, drva, sijeno, slamu, svakog će djelo izaći na vidjelo; jer će dan pokazati, jer će se ognjem otkriti, i svako djelo pokazaće oganj kao što jeste. I ako ostane čije djelo što je nazidao, primiće platu. A čije djelo izgori, otići će u štetu; a sam će se spasti tako kao kroz oganj.*

„Temelj“ se ovde odnosi na Isusa Hrista i znači da sve što zidate na ovom temelju, vaše djelo će biti otkriveno kroz iskušenja poput vatre.

Sa jedne strane, djela onih koji imaju vjeru kao zlato, srebro ili dragocijeno kamenje će opstati čak i u vatrenim iskušenjima zato što čine po riječi Božjoj. Sa druge strane, djela onih koji imaju vjeru kao drvo, sijeno ili slama će biti spaljena kada se suoče sa vatrenim iskušenjima zato što ne mogu da čine po riječi Božjoj.

Zato, da bi ih doznačili po mjeri vjere, zlato je peta (najviša), srebro četvrta, dragocijeni kamen treća, drvo druga, a sijeno je prva (i najniža) mjera vjere. Drvo i sijeno imaju život, a vjera kao drvo znači da čovjek ima živu u vjeru ali je slaba. Slama, međutim, je suva i nema čak ni život, i ona se odnosi na one koji nemaju ni malo vjere.

Zato, oni koji nemaju ni malo vjere nemaju nikakve veze sa spasenjem. Drvo i slama, čija djela će biti spaljena vatrenim iskušenjima, pripadaju sramotnom spasenju. Bog će priznati vjeru zlata, srebra ili dragog kamenja, ali drvo i slamu, On ne može.

Vjera bez djela je mrtva

Neki možda misle: „Bio sam hrišćanin dugo vremena, tako da sam sigurno prevazišao prvi nivo vjere, i mogu da odem makar u Prvo kraljevstvo." Ipak, ako zaista imate iskrenu vjeru, vi ćete očigledno živjeti po riječi Božjoj. Na isti način, ako prekršite zakon i ne odbacite vaše grijehe, Prvo kraljevstvo, moguće čak i Raj, mogu biti van vašeg dosega.

Biblija vas pita u Poslanici Jakovljevoj 2:14: „*Kakva je korist, braćo moja, ako ko reče da ima vjeru a djela nema? Zar ga može vjera spasti?*" Ako nemate djela, nećete biti spašeni. Vjera bez djela je mrtva vjera. Tako da oni koji se ne bore protiv grijeha ne mogu biti spašeni zato što su baš kao čovjek koji je dobio kesu srebra i držao je umotanu u parčetu tkanine (Jevanđelje po Luki 19:20-26).

Ovde „kesa srebra" stoji da označi Svetog Duha. Bog daje Svetog Duha kao poklon onima koji otvore svoje srce i prihvate Isusa Hrista kao svog ličnog Spasitelja. Sveti Duh vam omogućuje da prepoznate grijeh, pravednost i osudu, i pomaže vam da budete spašeni i da odete na nebo.

Sa jedne strane, ako priznajete svoje vjerovanje u Boga ali niste očistili srce ni praćenjem želje Svetog Duha ni djelanjem po istini, onda Sveti Duh nema potrebe da ostane u vašem srcu. Sa druge strane, ako odbacite svoje grijehove i činite po riječi Božjoj uz pomoć Svetog Duha, vi možete da ličite na srce Isusa Hrista, koji je sama istina.

Zato, djeca Božja koja su primila Svetog Duha kao dar treba da očiste svoja srca od grijeha i rađaju voće Svetog Duha kako bi dostigli savršeno spasenje.

Fizički odani ali duhovno neočišćeni

Bog mi je jednom otkrio člana koji je preminuo i otišao u Prvo kraljevstvo, i pokazao mi je važnost vjere praćene djelima. On je služio kao član finansijskog odsjeka crkve osamnaest godina bez izdaje u svom srcu. On je bio odan i u drugim djelima Božjim i data mu je titula starješine. On je pokušao da ponese plodove u mnogim poslovima i slavi Boga, često se pitajući: „Kako da još više ostvarim Božje kraljevstvo?"

Ipak, on nije bio mnogo uspješan zato što je ponekad sramotio Boga time što nije pratio pravi put zbog svojih tjelesnih misli i svog srca koje je često težilo ličnoj dobrobiti. Takođe bi pravio nečasne opaske, ljutio se na druge ljude, i u mnogim aspektima pokazao neposlušnost Božjoj riječi.

Drugim riječima, zato što je on bio fizički odan ali nije očistio od grijehova svoje srce – što je najvažnija stvar – on je ostao u drugom nivou vjere. Šta više, da su se njegovi finansijski i međuljudski problemi nastavili, on se ne bi pridržavao vjere, već bi se nagodio sa nepravednošću.

Na kraju, zato što je nivo nazadovanja u njegovoj vjeri mogao da mu onemogući čak i ulazak u Raj, Bog je u najboljem trenutku pozvao njegovu dušu.

Kroz duhovnu komunikaciju nakon smrti, on je iskazao zahvalnost i pokajao zbog mnogih stvari. On se pokajao zato što je povređivao osjećanja svještenika ne prateći istinu, uzrokovao da drugi padnu, vređao druge, i nije činio čak iako je slušao riječ Božju. On je takođe rekao da je oduvjek osjećao pritisak zato što se nije potpuno pokajao zbog svojih grešaka kada je bio na ovoj zemlji, ali sada je bio srećan zato što je mogao da prizna svoje greške.

Takođe, on je rekao da je zahvalan zato što kao starješina nije završio u Raju. I to je sramotno da kao starješina budete u Prvom kraljevstvu, ali se ipak osjećao mnogo bolje zato što je Prvo kraljevstvo mnogo divnije nego Raj.

Zato, vi treba da shvatite da je najvažnija stvar očistiti od grijehova vaše srce, što je bolje nego fizička odanost i titule.

Bog vodi Svoju djecu u bolje nebo kroz iskušenja

Baš kao što sportista treba mnogo da trenira i mnogo sati da radi da bi pobjedio, vi takođe morate da se suočite sa iskušenjima kako bi otišli na bolje mjesto boravka na nebu. Bog dozvoljava iskušenja Svojoj djeci da bi ih poveo na bolja mjesta na nebu, i iskušenja mogu biti podjeljena u tri kategorije.

Prvo, postoje iskušenja da se otjeraju grijehovi. Da bi postali Božja istinska djeca, vi morate da se borite protiv grijehova sve do tačke prolivanja svoje krvi tako da možete da odbacite u potpunosti grijehove. Ipak, Bog ponekad kažnjava Svoju djecu zato što ona ne odbacuju gijehove već nastavljaju da žive u grijehovima (Poslanica Jevrejima 12:6). Baš kao što i roditelji ponekad kazne svoju djecu kako bi ih poveli na pravi put, Bog ponekad dozvoljava iskušenja Svojoj djeci kako bi bila savršena.

Drugo, postoje iskušenja kako bi se napravila dolična osoba i dali blagoslovi. David, čak i kada je bio mali dječak, spasio je svoje ovce tako što je ubio medvjeda ili lava koji su dirali njegovo stado. On je imao tako veliku vjeru da je čak ubio i Golijata, koga se cijela izraelska armija plašila, sa praćkom i kamenom samo se oslanjajući na Boga. Razlog iz koga je ipak morao da se suoči sa iskušenjima, progonio ga je Kralj Saul, je taj što je Bog dozvolio ova iskušenja da bi bi Davida napravio velikom osobom i velikim kraljem.

Treće, postoje iskušenja da se okonča dokonost zato što ljudi mogu da se udalje od Boga ako su u mirovanju. Na primjer, ima nekih ljudi koji su odani Božjem kraljevstvu, i zato primaju finansijske blagoslove. Onda oni prestaju da se mole i njihov entuzijazam za Boga se hladi. Ako ih Bog ostavi takve kakvi jesu, oni će možda upasti u smrt. Tako da ih On iskušava kako bi ponovo bili bistrog uma.

Vi treba da odbacite vaše grijehove, činite pravedno i budete dolične osobe u Božjim očima shvatajući srce Boga koji dozvoljava iskušenja vjere. Ja se nadam da ćete u potpunosti dobiti čudesne blagoslove koje je Bog pripremio za vas.

Neki će možda reći: „Ja želim da se promjenim, ali to nije lako mada pokušavam." Ipak, on će reći takve stvari ne zato što je teško da se promjeni, već više zbog toga što mu nedostaju revnost i strast da se promjeni u dubini svog srca.

Ako vi stvarno razumijete Božju riječ duhovno i pokušate da se promjenite iz unutašnjosti svog srca, vi možete brzo da se promjenite zato što vam Bog daje milost i snagu da to učinite. I Sveti Duh vam, naravno, pomaže na ovom putu. Ako tek znate Božju riječ u vašoj glavi samo kao dio znanja a ne činite shodno tome, vi ste vjerovatno na putu da postanete ponosni i uobraženi, i biće teško da budete spašeni.

Zato, ja se molim u ime Gospoda da ne gubite strast i radost vaše prve ljubavi i nastavite da pratite želje Svetog Duha kako bi posjedovali bolje mjesto na nebu.

Poglavlje 8

Drugo kraljevstvo neba

1. Svakome je data lijepa lična kuća

2. Koja vrsta ljudi ide u Drugo kraljevstvo?

Starješine koje su među vama
molim koji sam i sam starješina
i svjedok Hristovog
stradanja,
i imam dio u slavi
koja će se javiti,
Pasite stado Božje koje vam je predato,
i nadgledajte ga ne silom,
nego dragovoljno,
i po Bogu,
niti za nepravedne dobitke,
nego iz dobrog srca;
niti kao da vladate narodom,
nego bivajte ugledi stadu.
I kad se javi poglavar pastirski,
primićete vijenac slave koji neće uvjenuti.

1. Petrova Poslanica 5:1-4

Sa jedne strane, bez obzira koliko god da čujete o nebu, to će biti beskorisno ako ne shvatite to u vašem srcu, zato što ne možete vjerovati u to. Baš kao što ptica odnosi sjeme posijano duž puta, neprijatelj Satana i đavo odnose od vas riječ o nebu (Jevanđelje po Mateju 13:19).

Sa druge strane, ako slušate riječ o nebu i shvatate je, vi možete da živite život vjere i nade i imate ljetinu, rodnu trideset, šezdeset, ili sto puta više nego što je posijano. Pošto možete da činite po Božjoj riječi, vi ne možete samo potpuno da ispunite vašu dužnost već i da budete posvećeni i vjerni u cijeloj Božjoj kući. Onda, kakvo je mjesto Drugo nebesko kraljevstvo i kakvi ljudi tamo idu?

1. Svakome je data lijepa lična kuća

Već sam objasnio da oni koji idu u Raj Prvog kraljevstva su sramno spašeni zato što njihova djela ne mogu da ostanu kada su stavljeni na vatrena iskušenja. Međutim, oni koji idu u Drugo kraljevstvo posjeduju vrstu vjere koja prevazilazi vatrena iskušenja, i dobijaju nagrade koje ne mogu da se uporede sa onima koje su date u Raju ili Prvom kraljevstvu, shodno sa Božjom pravednošću koja nagrađuje ono što je posijano.

Zato, ako je sreća onoga koji ide u Prvo kraljevstvo upoređena sa srećom zlatne ribice u akvarijumu, sreća onoga koji je otišao u Drugo kraljevstvo može se uporediti sa srećom kita u prostranom Tihom okeanu.

Sada, hajde da pogledamo u karakteristike Drugog kraljevstva, fokusirajući se na kuće i život.

Svakome je data jednospratna lična kuća

Kuće Prvog kraljevstva su kao stanovi, ali iz Drugog kraljevstva su totalno nezavisne jednospratne privatne zgrade. Kuće u Drugom kraljevstvu ne mogu da se porede ni sa kakvim lijepim kućama ili kolibama ili letnjikovcima na ovom svijetu. One su velike, lijepe i moderno su ukrašene cvijećem i drvećem.

Ako odete u Drugo kraljevstvo, vama je data ne samo kuća nego i vaš najomiljeniji objekt. Ako želite bazen za plivanje, biće vam dat zlatom i raznim draguljima lijepo ukrašen bazen. Ako želite lijepo jezero, biće vam dato jezero. Ako želite balsku dvoranu, biće vam data i balska dvorana. Ako želite da šetate, biće vam dat lijepi put pun divnog cvijeća i biljaka oko kojih se mnogo životinja igra.

Međutim, čak iako želite da imate sve od bazena za kupanje, jezera, balske dvorane, puta, i tako nadalje, vi možete da imate samo jednu stvar koju najviše želite. Zbog toga što ljudi posjeduju različite stvari u Drugom kraljevstvu, oni se međusobno posjećuju u kućama i zajedno uživaju u stvarima koje imaju.

Ako neko ko ima balsku dvoranu ali nema bazen za plivanje poželi da pliva, on može da ode kod svog komšije koji ima bazen za plivanje i zabavlja se. Na nebu, ljudi služe jedni drugima, i nikada se ne uznemiravaju i ne odbijaju svoje posketioce. Umjesto toga, osjećaće se prijatnije i srećnije. Tako da ako želite u nečemu da uživate, možete da posketite svoje komšije i uživate u onome što oni imaju.

Isto tako, Drugo kraljevstvo je mnogo bolje nego Prvo kraljevstvo u svim aspektima. Međutim, ono naravno ne može biti upoređeno sa Novim Jerusalimom. Oni nemaju anđele koji služe svako dijete Božje. Veličina, ljepota i raskoš kuća su mnogo drugačije, i materijal, boje, i svjetlost dragog kamenja koji ukrašavaju ove kuće su takođe vrlo različiti.

Pločica na vratima sa lijepim i veličanstvenim sjajem

Kuća u Drugom kraljevstvu je jednospratna zgrada sa pločicom na vratima. Pločica na vratima označava vlasnika kuće, i u nekim posebnim slučajevima napisano je ime crkve u kojoj je vlasnik služio. Ono je nebeskim slovima koja izgledaju kao arapska ili hebrejska zapisano zajedno sa imenom vlasnika na pločici na vratima iz koje prelijepo i veličanstveno svjetlo sija. Tako će ljudi u Drugom kraljevstvu reći i zavidjeti: „Oh! Ovo je dom tog i tog koji je služio u crkvi toj i toj!"

Zašto će ime crkve izričito biti napisano? Bog to čini kako bi ime bilo ponos i slava članovima koji su služili crkvu koja će izgraditi Veliki Hram da primi Gospoda pri Njegovom Drugom Dolasku u vazduh.

Ipak, kuće u Trećem kraljevstvu i Novom Jerusalimu nemaju pločice na vratima. Nema mnogo ljudi u oba ova kraljevstva, i kroz jedinstveno svjetlo i aromu koje izlaze iz kuća, vi možete da prepoznate kome ove kuće pripadaju.

Osjećati se žalosno što niste potpuno posvećeni

Neki će se možda pitati: „Zar neće biti nezgodno na nebu pošto ne postoje privatne kuće u Raju, a u Drugom kraljevstvu ljudi mogu da poseduju samo jednu stvar?" Na nebu, međutim, nema ničega nedovoljnog ili nezgodnog. Ljudi se nikada ne osjećaju neugodno zato što žive zajedno. Oni nisu škrti u dijeljenju svoje imovine sa drugima. Oni su samo zahvalni što mogu da podijele svoju imovinu sa drugima i to smatraju izvorom velike sreće.

Takođe, oni niti su žalosni što poseduju samo jednu lični stvar niti zavide zbog stvari koje drugi imaju. Umjesto toga, oni su uvjek duboko dirnuti i zahvalni Bogu Ocu što im je dao mnogo više nego što zaslužuju, i uvek su zadovoljni u nepromenljivoj radosti i zadovoljstvu.

Jedina stvar zbog koje se osjećaju žalosno je činjenica da se nisu dovoljno trudili i nisu bili potpuno posvećeni kada su živjeli na ovoj zemlji. Žao im je i stide se da stanu pred Bogom zato što nisu odbacili svo zlo iz sebe. Čak i kada vide one koji su otišli u Treće kraljevstvo ili Novi Jerusalim, oni im ne zavide na njihovim velikim kućama i veličanstvenim nagradama, već su žalosni što sebe nisu učinili potpuno posvećenim.

Pošto je Bog pravedan, On čini da žanjete to što ste posijali, i nagrađuje vas shodno sa onim što ste učinili. Zato, On daje mjesto i nagrade na nebu pošto se posvetite i vjerni ste na ovoj zemlji. U zavisnosti od granice do koje živite po Božjoj riječi, On će vas nagraditi dostojno i lijepo.

Ako ste u potpunosti živjeli po Božjoj riječi, On će vam dati šta god poželite na nebu 100%. Međutim, ako u potpunosti ne živite po Božjoj riječi, On će vas nagraditi u skladu samo sa onim šta ste učinili, ali ipak obilno.

Zato, bez obzira na koji nivo neba uđete, vi ćete uvjek biti zahvalni Bogu što vam daje mnogo više od onoga što ste učinili na ovoj zemlji, i živjeti vječno u radosti i sreći.

Kruna slave

Bog, koji obilno nagrađuje, daje krunu koja neće propasti onima u Prvom kraljevstvu. Kakva kruna je data onima u Drugom kraljevstvu?

Čak iako nisu u potpunosti posvećeni, oni slave Boga ispunjavajući svoje dužnosti. Tako da će oni primiti krunu slave. Ako čitate u 1. Petrovoj Poslanici 5:1-4, vidite da je kruna slave nagrada koja se daje onima koji daju primjer time što žive po Božjoj riječi.

> *Starješine koje su među vama molim koji sam i sam starješina i svjedok Hristovog stradanja, i imam dio u slavi koja će se javiti, pasite stado Božje, koje vam je predato, i nadgledajte ga, ne silom, nego dragovoljno, i po Bogu; niti za nepravedne dobitke, nego iz dobrog srca; niti kao da vladate narodom, nego bivajte ugledi stadu. I kad se javi poglavar pastirski, primićete vijenac slave koji neće uvjenuti.*

Razlog iz kojeg je rečeno: „venac slave koji neće uvjenuti“ je zato što je svaka kruna na nebu večna i nikada ne uvene. Bićete u stanju da shvatite da je nebo tako savršeno mjesto gdje je sve vječno, pa čak ni jedna kruna ne vjene.

2. Koja vrsta ljudi ide u Drugo kraljevstvo?

U okolini Seula, glavnog grada Republike Koreje, nalaze se satelitski gradovi, a oko tih gradova su manji gradovi. Na isti način, na nebu, oko Trećeg nebeskog kraljevstva u kojem je Novi Jerusalim, nalaze se Drugo kraljevstvo, Prvo kraljevstvo i Raj.

Prvo kraljevstvo je mjesto za one koji su u drugom nivou vjere i pokušavaju da žive po Božjoj riječi. Kakve osobe idu u Drugo kraljevstvo? Ljudi u trećem nivou vjere koji mogu da žive po riječi Božjoj završavaju u Drugom kraljevstvu. Sada hajde do detalja da razmotrimo koja vrsta ljudi ide u Drugo kraljevstvo.

Drugo kraljevstvo: mjesto za nepotpuno posvećene ljude

Vi možete da idete u Drugo kraljevstvo ako živite po riječi Božjoj i izvršavate svoje dužnosti, ali vaše srce nije još u potpunosti posvećeno.

Ako ste zgodni, inteligentni i mudri, vi ćete svakako željeti da vaša djeca liče na vas. Na isti način, Bog, koji je sveti i savršen, želi da Njegova istinska djeca liče na Njega. On želi djecu koja Ga vole i pridržavaju se zapovjesti – koja slušaju zapovjesti zato što vole Njega, a ne iz osejćaja dužnosti. Baš kao što ćete i vi raditi čak i neku vrlo tešku stvar ako iskreno volite nekoga, ako iskreno volite Boga u svom srcu, vi možete da se pridržavate svake od Njegovih zapovjesti sa radošću u svom srcu.

Vi ćete se povinovati bezuslovno sa radošću i zahvalnošću se pridržavajući onoga čega vam On kaže da se pridržavate, odbacujući ono što vam On kaže da odbacite, nećete raditi što vam On zabranjuje, i radićete šta vam On kaže da radite. Ipak, oni koji su u Trećem nivou vjere ne mogu da čine po Božjoj riječi sa potpunom radošću i zahvalnošću u njihovim srcima zato što što nisu još došli do ovog nivoa ljubavi.

U Bibliji, ima djela mesa (Poslanica Galaćanima 5:19-21), i želja mesa (Poslanica Rimljanima 8:5). Kada ispoljite zlo koje je u vašem srcu, to je nazvano djela mesa. Prirode grijeha koji imate u vašem srcu a koji još nije ispoljen se zove želje mesa.

Oni u trećem nivou vjere su već odbacili sva djela mesa koja su spolja vidljiva, ali još uvjek imaju želje mesa u njihovim srcima. Oni se pridržavaju onog što im Bog kaže da se pridržavaju, odbacuju ono što im Bog kaže da odbace, ne rade ono što im Bog brani, i rade ono što im Bog kaže da rade. Ipak, zla u njihovim srcima nisu potpuno uklonjena.

Na isti način, ako izvršavate vašu dužnost sa nepotpuno posvećenim srcem, vi možete da odete u Drugo kraljevstvo. „Posvećenje" se odnosi na stanje u kome ste odbacili sve vrste zla i imate samo dobrotu u vašem srcu.

Na primjer, recimo da postoji osoba koju mrzite. Sada, vi ste poslušali riječ Božju koja kaže: „Ne mrzi," i pokušati da ga ne mrzite. Kao ishod, vi sada njega ne mrzite. Međutim, ako ga iskreno ne volite u vašem srcu, vi još uvek niste posvećeni.

Zato, da bi narasli do četvrte mjere vjere od trećeg, presudno je učiniti napor da odbacite grijehe sve do tačke prolivanja krvi.

Ljudi koji su ispunili dužnost Božjom milošću

Drugo kraljevstvo je mjesto za one koji nisu ostvarili potpuno posvećenje svojih srca već su ispunili svoje dužnosti date od Boga. Hajde da razmotrimo kakvi su to ljudi koji idu u Drugo kraljevstvo posmatrajući slučaj jedne članice koja je preminula dok je služila u Manmin Jong-ang Centralnoj crkvi.

Ona je došla sa suprugom u Manmin centralnu Crkvu u godini kad je osnovana. Patila je od ozbiljne bolesti ali je bila izliječena nakon što je primila moju molitvu, i članovi njene porodice postali su vjernici. Oni su sazreli u svojoj j vjeri, i ona je postala starija đakonica, njen muž starješina, a njena djeca su odrasla i služili su Gospodu kao svještenik, svještenikova žena i misionar za hvalospjeve.

Međutim, ona nije uspjela da odbaci sve vrste zla i sprovede doslijedno svoju dužnost, ali se pokajala Božjom milošću, ispunila dobro svoju dužnost, i izdahnula je. Bog mi je dao do znanja da će ona ostati u Drugom nebeskom kraljevstvu i dozvolio mi je da duhom komuniciram sa njom.

Kada je otišla na nebo, stvar za kojom je najviše žalila je činjenica da nije odbacila sve njene grijehe da bi bila u potpunosti posvećena, i činjenica da nije u stvari učinila ni jedno priznanje zahvalnosti iz srca njenom pastiru koji se molio za nju da se izliječi i vodio je sa ljubavlju.

Takođe je mislila da je, uzimajući u obzir ono što je postigla svojom vjerom, kako je služila Gospodu, i riječi koje je izgovarala svojim ustima, mogla da ode samo u Prvo kraljevstvo. Međutim, kada nije imala mnogo preostalog vremena na ovoj zemlji, kroz nežnu molitvu njenog pastira i njena Bogougodna djela, njena vjera je brzo narasla i mogla je da uđe u Drugo kraljevstvo.

Njena vjera je u stvari nevjerovatno brzo narasla prije nego što je preminula. Ona se usredsredila na molitve i razdelila hiljade crkvenih letaka po njenom komšiluku. Nije marila za sebe, već je samo odano služila Gospodu.

Rekla mi je o kući u kojoj će da živi na nebu. Ona je rekla da, iako je to jednospratna građevina, dekorisana je tako divno lijepim cvijetovima i drvećem, i toliko je velika i veličanstvena da se ne može uporediti ni sa jednom kućom na ovom svijetu.

Naravno, upoređena sa kućama u Trećem kraljevstvu ili Novom Jerusalimu, ova je kao kuća sa krovom od slame, ali ona je bila toliko zahvalna i zadovoljna zato što to uopšte nije zaslužila. Željela je da saopšti sledeću poruku svojoj porodici kako bi oni otišli u Novi Jerusalim.

> **„Nebo je tako precizno podjeljeno. Slava i svjetlost su tako različiti na svakom mjestu, tako da ih potstičem i ohrabrujem ponovo i ponovo da uđu u Novi Jerusalim. Željela bih da kažem članovima moje porodice koji su još uvjek na zemlji da je, kada sretnemo Boga Oca na nebu, jako sramotno što nismo odbacili sve grijehove. Nagrade koje Bog daje onima koji idu u Novi Jerusalim i raskoš kuća su zavidni, ali ja želim da im kažem koliko je pred Bogom žalosno i sramotno što nismo odbacili sve vrste grijeha i zla. Željela bih da saopštim ovu poruku članovima moje porodice kako bi oni odbacili sve vrste zla i ušli na uzvišena mjesta Novog Jerusalima.“**

Zato, potstičem vas da shvatite koliko dragocijeno je i vrijedno da posvetite vaše srce i da predate vaš svakodnevni život kraljevstvu i pravednosti Božjoj sa nadom za nebo, kako bi mogli da svim silama napredujete ka Novom Jerusalimu.

Ljudi vjerni u svemu ali neposlušni zbog njihovog ličnog lošeg ustrojstva pravednosti

Hajde sada da pogledamo slučaj druge članice koja je voljela Gospoda i vršila svoju dužnost vjerno, ali nije mogla da ode u Treće kraljevstvo zbog nekih nedostataka u njenoj vjeri.

Ona je došla u Manmin centralnu Crkvu zbog muževljeve bolesti, i postala je veoma aktivan član. Njenog muža su donijeli u crkvu na nosilima, ali njegov bol je nestao i on je mogao da ustane i hoda. Zamislite koliko zahvalna i radosna je ona morala biti! Ona je uvjek bila zahvalna Bogu koji je izliječio bolest njenog muža i njenom parohijanu koji se molio sa ljubavlju. Ona je uvek bila vjerna. Molila se za kraljevstvo Božje, i molila se sa zahvalnošću svom pastiru u svakom momentu dok je hodala, sjedela ili stajala, pa čak i kad je kuvala.

Takođe, zato što je voljela braću i sestre u Hristu, ona je tješila druge radije nego da bude tešena, ohrabrivala i vodila brigu o drugim vjernicima. Ona je samo žejlela da živi po riječi Božjoj i pokušala je da odbaci sve njene grijehe sve do tačke prolivanja krvi. Ona nikada nije zavidjela ili žudila za svijetovnom materijalnom svojinom već se samo kencentrisala na propovjedanje jevanđelja svojim komšijama.

Zato što je bila tako vjerna Božjem kraljevstvu, moje srce je na samu pojavu njene odanosti bilo inspirisano Svetim Duhom i pitao sam je da preuzme dužnost crkvenog služenja. Vjerovao sam da, ako je ona vjerno ispunjavala svoju dužnost, onda će svi članovi njene porodice uključujući i njenog muža dostići da imaju duhovnu vjeru.

Međutim, ona nije mogla da se povinuje zato što je pogledala u svoje okolnosti i bila je sasvim obuzeta svojim tjelesnim mislima. Malo kasnije ona je preminula. Moje srce je bilo slomljeno, i dok sam se molio Bogu, mogao sam da čujem njenu ispovjest kroz duhovnu komunikaciju.

„Čak iako se pokajem i pokajem se zbog nepovinovanja pastiru, sat ne može da bude vraćen. Tako da se ja samo molim za kraljevstvo Božje i za pastira sve više i više. Jednu stvar koju moram da kažem mojoj braći i sestrama je da šta pastir propovjeda je volja Božja. Najveći je grijeh nepovinovati se Božjoj volji, i zajedno sa tim, ljutnja je najveći grijeh. Zbog ovoga, ljudi se suočavaju sa nevoljama, i meni je bilo naređeno da se ne ljutim, već da ostanem skromna u srcu boreći se da se povinujem cijelim svojim srcem. Postala sam osoba koja je duvala u trubu Gospodnju. Dan kada ću dobiti draga braćo i sestre dolazi uskoro. Ja se samo iskreno nadam da su moja draga braća i sestre bistrih umova i ne oskudevaju ni u čemu tako da će se i oni radovati ovom danu."

Ona je ispovjedila mnogo više od ovoga, i rekla mi je da razlog zbog kojega nije mogla da ode u Treće kraljevstvo je njena neposlušnost.

„Imala sam nekoliko stvari u kojima se nisam

pokorila sve dok nisam došla u ovo kraljevstvo." Ponekad sam rekla: „Ne, ne, ne," dok sam slušala poruku. Nisam dostojno izvršila svoju dužnost. Zato što sam mislila da ću izvršiti svoju dužnost kad se moje okolnosti poboljšaju, iskoristila sam svoje tjelesne misli. To je bila toliko velika greška u Božjim očima.

Takođe je rekla da je zavidjela svještenicima i onima koji su vodili brigu o crkvenim finansijama kad god ih je vidjela, misleći da će njihove nagrade na nebu biti mnogo velike. Ipak, ona je priznala da kada je otišla na nebo, to nije bio tako čest slučaj.

„Ne! Ne! Ne! Samo oni koji čine po Božjoj volji će dobiti velike nagrade i blagoslove. Ako vođe naprave grešku, to je mnogo veći grijeh nego kad običan član napravi grešku. Oni moraju mnogo više da se mole. Vođe moraju da budu mnogo vjerniji. Oni moraju bolje da uče druge. Oni moraju da imaju sposobnost da razlikuju. Zato je napisano u jednom od četiri Jevanđelja da slijep čovjek vodi slijepog čovjeka. Značenje riječi: „Ne dozvolite da mnogi od vas budu učitelji", čovjek će biti blagosloven ako daje sve od sebe na svom položaju. Sada, dan kada ćemo sresti jedni druge kao Božja djeca u vječnom kraljevstvu dolazi uskoro. Zato, svi treba da odbace sva tjelesna djela, postanu pravedni, i imaju dosledne kvalifikacije kao Gospodova nevesta bez ikakvog srama kada stanu pred Boga."

Zato vi treba da shvatite koliko važno je povinovati se ne iz osećanja dužnosti već zbog radosti u dubini vašeg srca i ljubavi za Boga, i da posvetite vaše srce. Šta više, vi ne treba samo da idete u crkvu, već da se preispitate u koje nebesko kraljevstvo možete da uđete ako bi Otac pozvao vašu dušu sada.

Vi treba da pokušate da budete vjerni u svim vašim dužnostima i živite po riječi Božjoj, kako bi bili potpuno posvećeni i imali sve potrebne kvalifikacije spremne da uđete u Novi Jerusalim.

1. Poslanica Korinćanima 15:41 govori vam da slava svakog pojedinca koju dobija na nebu je različita. Ona kaže: *„Druga je slava suncu, a druga slava mjesecu, i druga slava zvijezdama; jer se zvijezda od zvijezde razlikuje u slavi.“*

Svi oni koji su spašeni će uživati u vječnom životu na nebu. Ipak, neki će ostati u Raju dok će neki drugi biti u Novom Jerusalimu, sve u skladu sa mjerom njihove vjere. Razlika u slavi je toliko velika da je neiskaziva.

Zato, ja se molim u ime Gospoda da vi ne ostanete u vjeri samo da bi bili spašeni, već kao seljak koji je prodao svu svoju imovinu da kupi polje i iskopa blago, da živite u potpunosti po riječi Božjoj i odbacite sve vrste zla da bi mogli da uđete u Novi Jerusalim i ostanete u slavi koja tamo sija kao sunce.

Poglavlje 9

Treće kraljevstvo neba

1. Anđeli služe svakom djetetu Božjem

2. Kakvi ljudi idu u Treće kraljevstvo?

Blago čovjeku koji pretrpi napast;
jer kad bude kušan,
primiće vijenac života,
koji Bog obeća
onima koji Ga ljube.

Jakovljeva Poslanica 1:12

Bog je Duh, i On je dobrota, svjetlo, i sama ljubav. Zbog toga On želi da Njegova djeca odbace sve grijehe i sve vrste zla. Isus, koji došao na ovu zemlju u ljudskom tijelu, nema mana jer On je Sam Bog. Dakle, kakva osoba vi treba da budete da bi postali mlada koja će primiti Gospoda?

Da postanete Božje iskreno dijete i mlada Gospodnja koja će vječno dijeliti iskrenu ljubav sa Bogom, vi morate da ličite na sveto srce Božje i posvetite sebe odbacujući sve vrste zla.

Treće nebesko kraljevstvo, koje je mjesto za ovakvu Božju djecu koja su sveta i liče na Božje srce, je mnogo drugačije od Drugog kraljevstva. Zato što Bog mrzi zlo i voli mnogo dobrotu, On tretira Njegovu djecu koja su posvećena na poseban način. Onda, kakvo mjesto je Treće kraljevstvo i koliko mnogo morate da volite Boga da bi otišli tamo?

1. Anđeli služe svakom djetetu Božjem

Kuće u Trećem kraljevstvu su neuporedivo veličanstvenije i brilijantnije od jednospratnih kuća u Drugom kraljevstvu. One su dekorisane sa mnogo više dragog kamenja i imaju sve uređaje koje vlasnici požele.

Šta više, od Trećeg kraljevstva pa nadalje, anđeli poslužitelji će biti svakom dati, i oni će voljeti i obožavati gospodara i služiti njemu ili njoj samo najbolje stvari.

Anđeli služe privatno

Rečeno je u Poslanici Jevrejima 1:14: „*Nisu li svi službeni duhovi koji su poslani na službu onima koji će naslijediti spasenje?*" Anđeli su čisto duhovna bića. Oni liče na ljudska bića po obliku kao jedno od Božjih kreacija, ali oni nemaju meso i kosti, i nemaju ništa sa brakom ili smrću. Oni nemaju svoje ličnosti kao ljudska bića, ali je njihovo znanje i moć mnogo veća nego kod ljudskih bića (2. Petrova Poslanica 2:11).

Kao što Poslanica Jevrejima 12:22 govori o hiljadama nad hiljadama anđela, ima beskonačan broj anđela na nebu. Bog je napravio red i poredak među anđelima, dodjelio im je različite zadatke, i dao im je različitu vlast u skladu sa zadacima.

Tako da ima različitosti među anđelima kao što je anđeo, nebeski vojnik i arhanđel. Na primjer, Gabrijel, koji služi kao državni službenik, dolazi kod vas sa odgovorima na vaše molitve ili Božjim planovima i otkrivenjima (Knjiga Davidova 9:21-23; Jevanđelje po Luki 1:19, 1:26-27). Arhangel Mihailo, koji je kao vojni oficir, je ministar nebeske vojske. On kontroliše borbe protiv zlih duhova, i ponekad on sam probija linije borbe tame (Knjiga Davidova 10:13-14; Judina Poslanica 1:9; Otkrivenje Jovanovo 12:7-8).

Među ovim anđelima, ima anđela koji privatno služe svojim gospodarima. U Raju, Prvom kraljevstvu i Drugom kraljevstvu, ima anđela koji ponekad pomažu Božjoj djeci, ali nema ni jednog anđela koji privatno služi gospodaru. Ima samo anđela koji vode brigu o travi, ili cvjetnim putevima, ili društvenim sredstvima kako bi bili sigurni da nema neugodnosti, i ima anđela koji prenose Božje poruke.

Ali, za one koji su u Trećem kraljevstvu ili Novom Jerusalimu, lični anđeli su nagrada zato što su oni veoma voljeli Boga i udovoljavali mu. Takođe, broj datih anđela će se razlikovati prema granici do koje neko liči na Boga i udovoljavao Mu povinovanjem.

Ako neko ima veliku kuću u Novom Jerusalimu, nebrojani anđeli će mu biti dati zato što to znači da vlasnik liči na srce Boga i da je mnogo ljudi odveo u spasenje. Biće anđela koji brinu o kući, nekih anđela koji će brinuti o postrojenjima i stvarima koje su date kao nagrade, i drugih anđela koji će privatno služiti gospodara. Jednostavno će biti toliko mnogo anđela.

Ako odete u Treće kraljevstvo, vi ne samo da ćete imati anđele koji će vas privatno služiti, već i anđele koji će brinuti o vašoj kući, i one koji će dočekivati i pomagati posjetiocima. Vi ćete biti tako zahvalni Bogu ako bi mogli da uđete u Treće kraljevstvo zato što vam je Bog dozvolio da vladate zauvjek dok vas služe anđeli koje vam On daje kao vječne nagrade.

Veličanstvena višespratna lična kuća

U kućama u Trećem kraljevstvu koje su dekorisane lijepim cvijećem i drvećem predivnog mirisa nalaze se bašte i jezera. U jezerima ima mnogo riba, i ljudi mogu da razgovaraju sa njima i podjele ljubav sa njima. Takođe, anđeli sviraju lijepu muziku ili ljudi slavopojem slave Boga Oca zajedno sa njima.

Za razliku od stanovnika Drugog kraljevstva kojima je dozvoljeno da imaju samo jedan omiljeni predmet ili objekat, ljudi u Trećem kraljevstvu mogu da posjeduju sve što požele kao što je teren za golf, bazen za plivanje, jezero, prostor za šetnju, balsku dvoranu i tako dalje. Zato oni ne moraju da idu u kuće svojih komšija da uživaju u stvarima koje nemaju i mogu da se zabavljaju uvjek kad požele.

Kuće u Trećem kraljevstvu su višespratne zgrade i predivne su, sjajne i velike. One su ukrašene tako lijepo da nikakav milioner na ovom svijetu ne bi mogao da ih imitira.

Uzgred rečeno, ni jedna kuća u Trećem kraljevstvu nema pločicu sa imenom. Ljudi jednostavno znaju čija je kuća čak i bez pločice sa imenom, zato što jedinstveni miris koji ispoljava čisto i prelijepo srce gospodara izlazi iz kuće.

Kuće u Trećem kraljevstvu imaju drugačiji miris i drugačiji sjaj svjetlosti. Što više gospodar liči na srce Boga, tim su ljepši i sjajniji miris i svjetlost.

Takođe, u Trećem kraljevstvu, kućni ljubimci i ptice su date, i oni su mnogo ljepši, sjajniji, i umiljatiji nego oni u Prvom ili Drugom kraljevstvu. Šta više, oblak automobili su dati na javnu upotrebu, i ljudi mogu da putuju svuda po bezgraničnom nebu koliko god žele.

Kao što je objašnjeno, u Trećem kraljevstvu ljudi mogu da imaju i da urade šta god požele. Život u Trećem kraljevstvu će biti izvan zamisli.

Kruna života

U Otkrivenju Jovanovom 2:10, ima obećanje o „kruni života" koja će biti data onima koji su bili vjerni čak i do tačke smrti za kraljevstvo Božje.

Ne boj se ni oda šta što ćeš postradati. Gle, đavo će

neke od vas metati u tamnicu, da se iskušate, i imaćete nevolju do deset dana. Budi vjeran do same smrti, i daću ti vijenac života.

Fraza: „budi vjeran do same smrti“ ovde se odnosi ne samo na biti vjeran sa vjerom kojom se postaje mučenik, nego i ne miriti se sa svijetovnim i postati potpuno svet odagnanjem svih grijehova sve do tačke prolivanja krvi. Sve one koji uđu u Treće kraljevstvo Bog nagrađuje krunama života zato što su bili vjerni čak i do tačke smrti i prevazišli su sve vrste iskušenja i nevolja (Jakovljeva Poslanica 1:12).

Kada ljudi u Trećem kraljevstvu posjete Novi Jerusalim, oni stavljaju okrugli znak na desnoj ivici krune života. Kada ljudi u Raju, Prvom kraljevstvu ili Drugom kraljevstvu posjete Novi Jerusalim, oni stavljaju znak na lijevoj strani grudi. Na ovaj način možete da vidite da je slava drugačija za ljude u Trećem kraljevstvu.

Međutim, ljudi u Novom Jerusalimu su pod posebnom brigom Boga, tako da ne moraju da obeiljžavaju sebe da bi se razlikovali. Njih tretiraju na veoma poseban način kao Božju iskrenu djecu.

Kuće u Novom Jerusalimu

Kuće u Trećem kraljevstvu su potpuno drugačije od kuća u Novom Jerusalimu po veličini, ljepoti i slavi.

Kao prvo, ako kažete da je veličina najmanje kuće u Novom Jerusalimu 100, kuća u Trećem kraljevstvu je 60. Na primjer, ako je najmanja kuća u Novom Jerusalimu 100.000 kvadratnih stopa, kuća u Trećem kraljevstvu bi bila 60.000. kvadratnih stopa.

Ipak, veličina pojedinačnih kuća varira zato što to potpuno zavisi o toga koliko je gospodar činio da spasi što više duša i da izgradi Božju crkvu. Kao što je Isus rekao u Jevanđelju po Mateju 5:5: *„Blago krotkima, jer će naslediti zemlju,"* veličina kuće u kojoj će neko da boravi biće utvrđena u zavisnosti od broja duša koje vlasnik kuće vodi na nebo blagog srca.

Tako da ima mnogo kuća sa preko više desetina hiljada kvadratnih stopa u Trećem kraljevstvu i u Novom Jerusalimu, ali čak i najveća kuća u Trećem kraljevstvu je mnogo manja od onih u Novom Jerusalimu. Uz to su veličina, oblik, ljepota, i drago kamenje za dekoraciju takođe daleko drugačiji.

U Novom Jerusalimu ne postoji samo dvanaest dragih kamenova za temelj, već takođe mnogo drugog lijepog dragog kamenja. Ima ne vjerovatno velikog dragog kamenja sa tako lijepim bojama. Ima toliko mnogo vrsta dragog kamenja da ne možete sve da imenujete, a neki od njih duplo sjaje čak i troduplo prekriveni svjetlošću.

Naravno, ima mnogo dragog kamenja u Trećem kraljevstvu. Međutim, uprkos njegovoj različitosti, drago kamenje Trećeg kraljevstva ne može da se uporedi sa onim u Novom Jerusalimu. U Trećem kraljevstvu nema dragog kamenja koje sija duplo ili troduplo svjetlije. Drago kamenje u Trećem kraljevstvu ima mnogo ljepšu svjetlost u poređenju sa onima u Prvom ili Drugom kraljevstvu, ali tu su samo jednostavni i osnovni dragulji, a čak je i ista vrsta dragog kamena manje lijepa od onog u Novom Jerusalimu.

Zbog toga ljudi u Trećem kraljevstvu, koji ostaju van Novog Jerusalima koji je pun Božje slave, gledaju ga i žude da budu tamo za navjek.

„Samo da sam se potrudio malo više i
bio vjerniji u cijeloj Božjoj kući..."
„Samo da Otac jednom pozove moje ime..."
„Samo da me pozovu još jednom..."

Postoji nezamisliva količina radosti i ljepote u Trećem kraljevstvu, ali ne može biti upoređena sa onom u Novom Jerusalimu.

2. Kakvi ljudi idu u Treće kraljevstvo?

Kada otvorite vaše srce i prihvatite Isusa Hrista kao vašeg ličnog Spasitelja, Sveti Duh dolazi i uči vas o grijehu, pravednosti i osudi, i pomaže vam da razumijete istinu. Kada se pokorite riječi Božjoj, odbacite sve vrste zla i postanete posvećeni, vi ste u stanju gdje vaše duše dobro napreduju – na četvrtom nivou vjere.

Oni koji dostignu četvrti nivo vjere vole Boga toliko mnogo i Bog voli njih, i ulaze u Treće kraljevstvo. Onda, koja određena vrsta osobe ima vjeru sa kojom može da uđe u Treće kraljevstvo?

Biti posvećen odbacivanjem svih vrsta zla

U vrijeme Starog Zavjeta, ljudi nisu primili Svetog Duha. Otuda oni nisu mogli da svojom sopstvenom snagom odbace gijrehove koji su bili duboko u srcima. Zbog toga su izvodili fizičko čišćenje, i ukoliko se zlo ne pojavi na djelu, oni to nisu smatrali grijehom. Čak iako je neko razmišljao da ubije nekoga, to nije smatrano grijehom sve dok misli nisu postale djelovanje. Samo kad je misao bila sprovedena, smatrana je grijehom.

Međutim,u vrijeme Novog Zavjeta, ako prihvatite Isusa Hrista, Sveti Duh dolazi u vaše srce. Ukoliko vaše srce nije posvećeno, vi ne možete da uđete u Treće kraljevstvo. To je zato što možete da očistite vaše srce uz pomoć Svetog Duha.

Zato, vi možete da uđete u Treće kraljevstvo samo kada odbacite sve vrste zla kao što su mržnja, preljuba, pohlepa i slično, i onda postanete posvećeni. Onda, kakva osoba ima posvećeno srce? To je onaj koji ima onu vrstu duhovne ljubavi opisane u 1 Poslanici Korinćanima 13, devet plodova Svetog Duha u Poslanici Galaćanima 5, i Blaženosti u Jevanđelju po Mateju 5 i koji liči na svetost Gospodnju.

Naravno, to ne znači da je on na istom nivou sa Gospodom. Bez obzira koliko ljudsko biće odbacuje svoje grijehove i postaje posvećeno, njegov nivo se toliko mnogo razlikuje od Božjeg, koji je poreklo svjetlosti.

Zbog toga, kako bi posvetili svoje srce, vi prvo morate da dobro pripremite tlo u vašem srcu. Drugim riječima, vi morate da dobro pripremite tlo u vašem srcu tako što nećete raditi ono što vam Biblija kaže da ne radite i odbacićete ono što vam Biblija govori da odbacite. Samo tada, vi ćete moći da ponesete dobre plodove, onako kako je seme posijano. Baš kao što i seljak sije sjeme nakon što je očistio zemlju, sjeme u vama klija, cvijeta, i ponese plod nakon što učinite ono što vam Bog kaže da uradite i održavate ono što vam On kaže da održavate.

Zato, posvećenje se odnosi na stanje kad je neko djelima

Svetog Duha očišćen od prvobitnog grijeha i grijehova koje je sam počinio nakon što je ponovo rođen vodom i Svetim Duhom, vjerujući u iskupljujuću moć Isusa Hrista. Dobiti oprost grijehova vjerovanjem u krv Isusa Hrista je drugačije od odbacivanja griješne prirode u vama uz pomoć Svetog Duha, uz post se moleći vatreno i neprestano.

To što prihvatate Isusa Hrista i postajete Božje dijete ne znači da su potpuno uklonjeni svi vaši grijehovi iz vašeg srca. Vi i dalje u sebi imate zlo kao što je mržnja, ponos i slično, i zbog toga je presudan proces nalaženja zla slušanjem riječi Božje i borba protiv njega sve do tačke prolivanja krvi (Poslanica Jevrejima 12:4).

Ovo je način na koji vi odbacujete djela tijela i napredujete ka posvećenosti. Stanje u kojem ste vi izbacili ne samo djela tijela već i želje tijela u vašem srcu je četvrti nivo vjere, stanje posvećenosti.

Osvećenje samo poslije istjerivanja grijehova iz prirode (naravi)

Šta su, onda, grijehovi u nečijoj prirodi? To su svi oni grijehovi koji su preneśeni kroz sjeme života nečijih roditelja još od Adamove neposlušnosti. Na primjer, vi možete naći da beba, koja još nije ni godinu dana stara, ima zao um. Iako ga njegova majka nikad nije učila nekom zlu kao što je mržnja ili ljubomora, on će da se naljuti i učini zlo djelo ako njegova majka da dojku komšinicinoj bebi. I on će možda pokušati da odgurne drugu bebu, i početi da plače ispunjen ljutnjom, ako se ta beba ne udalji od njegove majke.

Isto tako, razlog zbog koga čak i beba pokazuje djela zla, iako to nije ranije naučio, je taj što postoji grijeh u njegovoj prirodi. Takođe, samo-počinjeni grijehovi su grijehovi ispoljeni u fizičkim aktivnostima koje prate griješne želje srca.

Naravno, ako ste vi osvećeni od praroditeljskog grijeha, očigledno je da će vaši samo-počinjeni grijehovi biti odbačeni zato što je koren grijeha odstranjen. Zbog toga, ponovno duhovno rođenje je početak osvećenja, a osvećenje je perfekcija ponovnog rođenja. Zato, ako ste ponovo rođeni, nadam se da ćete živjeti uspješan hrišćanski život kako bi postigli osvećenje.

Ako zaista želite da budete osvećeni i da povratite izgubljenu sliku Boga, i dajete sve od sebe, onda ćete biti sposobni da odbacite grijehove iz svoje prirode uz milost i snagu Božju i uz pomoć Svetog Duha. Nadam se da ćete oslikati Božje sveto srce onako kako vas ON potstiče: „*Budite sveti, jer sam ja svet*" (1. Petrova Poslanica 1:16).

Posvećeni ali ne potpuno vjerni u cijeloj Božjoj kući

Bog mi je dozvolio da imam duhovnu komunikaciju sa osobom koja je već preminula, i kvalifikovana je za ulazak u Treće kraljevstvo. Kapija njene kuće je dekorisana svodnim biserima, i to je zato što se ona toliko molila u tuzi sa suzama i sa istrajnošću kada je bila na ovoj zemlji. Ona je bila tako odan vjernik koja se molila za kraljevstvo i pravednost Božju, i za njenu crkvu i svještenike i članove sa mnogo upornosti i suza.

Prije nego što je srela Gospoda, ona je bila toliko siromašna i nesrećna da nije mogla da ima čak ni parče zlata kod sobe. Nakon što je prihvatila Gospoda, ona je mogla da trči ka osvećenju zato što je mogla da se povinuje istini nakon što ju je shvatila slušajući riječ Božju.

Ona je takođe mogla da obavlja svoju dužnost dobro zato što je primila mnogo lekcija od svještenika koga je Bog mnogo voleo, i služio ga dobro. Zbog ovoga, ona je mogla da završi na svetlijem i mnogo divnijem mjestu u Trećem kraljevstvu.

Šta više, veoma sjajan dragi kamen iz Novog Jerusalima biće postavljen na kapiji njene kuće. Ovo je dragi kamen koji joj je dao službenik koga je ona služila na ovoj zemlji. On će uzeti jedan od dragulja iz svog dnevnog boravka i staviće na kapiju njene kuće kada je posjeti tamo. Ovaj dragi kamen biće znak da će ona nedostajati službeniku koga je služila na ovoj zemlji zato što nije mogla da uđe u Novi Jerusalim čak iako mu je bila od velike pomoći na ovoj zemlji. Mnogo ljudi u Trećem kraljevstvu će zavideti na ovom dragom kamenu.

Međutim, njoj je i dalje žao što nije mogla da uđe u Novi Jerusalim. Da je imala dovoljno vjere da uđe u Novi Jerusalim, ona bi u budućnosti bila sa Gospodom, sa svještenikom kome je služila na ovoj zemlji i sa drugim voljenim članovima njene crkve. Da je bila još malo vjernija na ovoj zemlji, mogla je da uđe u Novi Jerusalim, ali zbog neposlušnosti ona je propustila priliku kada joj je bila data.

Ipak, ona je toliko zahvalna i duboko dirnuta zbog slave koja joj je data u Trećem kraljevstvu i ispovjedila se kao što slijedi. Ona je samo zahvalna što je dobila dragocijene stvari kao nagradu, od kojih nijednu ne bi stekla sopstvenom zaslugom.

„Mada nisam mogla otići u Novi Jerusalim gdje je prepuno Očeve slave, zato što nisam bila savršena u svemu, ja imam svoju kuću u ovom lijepom Trećem kraljevstvu. Moja kuća je tako velika i tako lijepa. Iako nije u zapravo velika u poređenju sa kućama u Novom Jerusalimu, dato mi je toliko mnogo fantastičnih i predivnih stvari koje svijet ne može čak ni da zamisli.

Ništa nisam učinila. Ništa nisam dala. Ništa nisam učinila da bi pomogla. I nista nisam učinila radosno za Gospoda. Ipak, slava koju imam ovde je tako velika da mogu samo da budem žalosna i zahvalna. Dajem zahvalnost Bogu i što mi je dozvolio da boravim u mnogo divnijem mjestu u granicama Trećeg kraljevstva."

Ljudi sa vjerom mučeništva

Isto kao što neko koji voli Boga toliko mnogo i postane posvećen u svom srcu može da uđe u Treće kraljevstvo, vi možete da uđete najmanje u Treće kraljevstvo ako imate vjeru mučeništva sa kojom možete sve da žrtvujete, čak i svoj život, za Boga.

Članovi ranih hrišćanskih crkvi koji su održali vjeru i kad su im glave bile odrubljene, ili su ih pojeli lavovi u Koliseumu u Rimu, ili su bili spaljeni, dobiće nagradu mučenika na nebu. Nije lako postati mučenik pod tolikim žestokim progonima i prijetnjama.

Ima mnogo ljudi oko vas koji ne održavaju Gospodnji dan svetim ili koji zapostavljaju svoju Bogom datu dužnost zbog želje za novcem. Ovakvi ljudi, koji ne mogu da se povinuju tako maloj stvari, nikada ne mogu da održe svoju vjeru u nekoj životno opasnoj situaciji, još manje da postanu mučenici.

Kakvi ljudi imaju vjeru mučenika? To su oni koji imaju čestita i nepromjenljiva srca kao Danijelovo iz Starog Zavjeta.

Oni koji imaju dvostruke umove i teže samo svom dobru, mire se sa svijetom, međutim, imaju mnogo male izglede da postanu mučenici.

Oni koji mogu iskreno da postanu mučenici moraju da imaju nepromenjeno srce kao Danijelovo. On je održao pravednost vjere znajući dobro da će pasti u lavlji kavez. On je održao svoju vjeru čak i u poslednjem trenutku kada su ga zli ljudi na prevaru bacili u lavlji kavez. Danijel se nikada nije okrenuo od istine zato što je njegovo srce bilo čisto i neokaljano.

Isto je i sa Stefanom iz Novog Zavjeta. On je kamenovan do smrti dok je propovjedao Jevanđelje Gospodovo. Stefan je takođe bio posvećen čovjek koji je mogao da se moli čak i za one koji su ga kamenovali uprkos njegovoj nevinosti. Dakle, koliko mnogo će Gospod da ga voli? On će hodati sa Gospodom zauvjek na nebu, i njegova ljepota i slava će biti ogromne. Zato, vi treba da shvatite da je najvažnija stvar da ispunite pravednost i posvećenje srca.

Danas ima malo njih koji imaju pravu vjeru. Čak je i Isus pitao: „*Ali Sin čovječiji kad dođe hoće li naći vjeru na zemlji?*" (Jevanđelje po Luki 18:8) Koliko dragocijeni ćete vi biti u Božjim očima ako postanete posvećeno dijete održavajući vjeru i odbacujući sve vrste zla čak i na ovom svijetu koji je pun grijehova?

Zato, ja se molim u ime Gospoda da se vi vatreno molite i brzo posvetite vaše srce, radujući se slavi i nagradama koje će vam Bog Otac dati na nebu.

Poglavlje 10

Novi Jerusalim

1. Ljudi u Novom Jerusalimu vide Boga licem u lice
2. Kakvi ljudi idu u Novi Jerusalim?

I ja vidjeh grad sveti, Jerusalim nov,
gdje silazi od Boga s neba,
pripravljen kao nevjesta ukrašena
mužu svom.

Otkrivenje Jovanovo 21:2

U Novom Jerusalimu, koji je najljepše mjesto na nebu i puno je Božje slave, nalazi se Božji prijesto, zamkovi Gospoda i Svetog Duha, i kuće ljudi koji su najvećim nivoom vjere toliko mnogo udovoljili Bogu.

Kuće u Novom Jerusalimu su najljepše pripremljene, na način kako bi to njihovi budući gospodari željeli. Da bi ušli u Novi Jerusalim, čist i divan kao kristal, i podijelili iskrenu ljubav zauvjek sa Bogom, vi ne samo što treba da ličite na Božje sveto srce, već takođe morate da uradite svoju dužnost potpuno kao što je Gospod Isus uradio.

Sada, kakvo mjesto je Novi Jerusalim, i kakvi ljudi tamo idu?

1. Ljudi u Novom Jerusalimu vide Boga licem u lice

Novi Jerusalim, takođe nazvan nebeski Sveti Grad, je tako lijep kao nevjesta koja je sebe pripremila za svog muža. Ljudi tamo imaju privilegiju da sretnu Boga licem u lice zato što je tamo Njegov prijesto.

On je takođe nazvan: „gradom slave“ zato što ćete dobiti slavu od Boga zauvjek kada uđete u Novi Jerusalim. Zid je napravljen od jaspisa, grad od čistog zlata, jasan kao staklo. Ima tri kapije na sve četiri strane – jug, sjever, istok i zapad – a po jedan anđeo čuva svaku kapiju. Dvanaest temelja grada su napravljeni od dvanaest različitih vrsta dragog kamenja.

Dvanaest bisernih kapija Novog Jerusalima

Onda, zašto je dvanaest kapija Novog Jerusalima napravljeno od bisera? Školjka traje dugo vremena i luči sav svoj sok da napravi biser. Na isti način, vi treba da odbacite grijehove, boreći se proti njih sve do tačke prolivanja krvi i budete vjerni do tačke smrti pred Bogom u strpljenju i samokontroli. Bog je napravio kapije od bisera zato što vi morate da prevaziđete vaše okolnosti sa radošću da bi ispunili vaše Bogom dane dužnosti čak iako idete uzanim putem.

Tako da kada osoba koja uđe u Novi Jerusalim prođe kroz kapiju od bisera, on lije suze radosti i uzbuđenja. On daje svu neizrecivu zahvalnost i slavu Bogu koji ga je vodio do Novog Jerusalima.

Takođe, iz kog razloga je Bog napravio dvanaest temelja od dvanaest različitih vrsta dragulja? To je zato što je kombinacija svrhe dvanaest dragulja srce Gospoda i Oca.

Zato, vi treba da shvatite duhovno značenje svakog dragog kamena i da ispunite duhovna značenja u vašem srcu da bi ušli u Novi Jerusalim. Objasniću vam do detalja sva ova značenja u knjizi: *Raj II: Ispunjen Božjom slavom.*

Kuće Novog Jerusalima u savršenom jedinstvu i različitosti

Kuće u Novom Jerusalimu su poput zamkova po veličini i veličanstvenosti. Svaka je posebna u skladu sa željama vlasnika, i savršena je u jedinstvu i različitosti. Takođe, razne boje i svjetla dolaze iz dragog kamenja i daju vam osjećaj neizrecive ljepote i slave.

Ljudi mogu da prepoznaju kome svaka kuća pripada kada je samo pogledaju. Oni mogu da razumiju koliko je vlasnik udovoljavao Bogu kada je on ili ona bio na zemlji samim pogledom na svjetlost slave i dragog kamenja koji ukrašavaju kuću.

Na primjer, kuća osobe koja je postala mučenik na ovoj zemlji će imati dekoraciju i zapise o vlasnikovom srcu i o dostignućima sve do mučeništva. Zapis je urezan na zlatnoj ploči i vrlo jasno sija. On bi glasio: „Vlasnik ove kuće postao je mučenik i ispunio je volju Oca dana _ mjeseca _ godine _."

Čak i sa kapije, ljudi mogu da vide jasnu svjetlost koja izlazi iz zlatne ploče gdje su vlasnikova dostignuća zapisana, i svi oni koji to vide će se nakloniti. Mučeništvo je tako velika slava i nagrada, i to je ponos i radost Božja.

Pošto nema zla na nebu, ljudi automatski naklone glave shodno sa rangom i dubinom Božje ljubavi. Takođe, baš kao što ljudi poklanjaju plakate zahvalnosti ili zaslužne službe da proslave velika dostignuća, Bog takođe daje plakatu svakome da proslavi to što Njega slave. Vi možete da vidite da se mirisi i svjetla razlikuju u skladu sa vrstama plakata.

Šta više, Bog obezbjeđuje u ljudskim kućama nešto pomoću čega se oni mogu sjećati svojih života na ovoj zemlji. Naravno, čak i na nebu možete da pratite događaje iz prošlosti na ovoj zemlji na nečemu nalik televizoru.

Kruna od zlata ili kruna pravednosti

Ako uđete u Novi Jerusalim, osnovno će vam biti data

privatna kuća i kruna od zlata, a krunom pravednosti ćete biti nagrađeni u skladu sa vašim djelima. Ovo je najuzvišenija i najljepša kruna na nebu.

Bog Sam nagrađuje krunama od zlata one koji uđu u Novi Jerusalim, i oko prijestolja Božjeg su dvadesete četiri starješine sa zlatnim krunama.

> *I oko prijestolja behu dvadeset i četiri prijestolja; i na prijestoljima vidjeh dvadeset i četiri starješine gdje sjede, obučene u bijele haljine, i imahu krune zlatne na glavama svojim* (Otkrivenje Jovanovo 4:4).

„Starješine" se ovdje ne odnosi na titule date u zemaljskim crkvama, već Bog priznaje one koji su pravedni u očima Božjim. Oni su posvećeni i ispunili su hram u svojim srcima kao i vidljivi hram. „Ispuniti hram u srcima" znači postati duhovna osoba odbacivanjem svih vrsta zla. Ispuniti vidljivi hram znači obaviti potpuno dužnosti na ovoj zemlji.

Broj „dvadeset četiri" stoji za sve one ljude koji su vjerom prošli kroz kapiju spasenja kao dvanaest plemena Izraela, i postali su posvećeni kao što su dvanaest učenika Gospoda Isusa. Zato, „dvadeset četiri starješine" odnosi se na djecu Božju koju Bog priznaje i vjerna su u cijeloj Božjoj kući.

Zato, oni koji imaju vjeru kao zlato koje se nikada ne menja će primiti krune od zlata, a oni koji žude za Gospodovim dolaskom kao apostol Pavle će dobiti krunu pravednosti.

> *Dobar rat ratovah, trku svrših, vjeru održah; dalje, dakle, meni je pripravljen vijenac pravde, koji će mi*

dati Gospod u dan onaj, pravedni sudija; ali ne samo meni, nego svima koji se raduju Njegovom dolasku (2. Timotejeva Poslanica 4:7-8).

Oni koji žude za Gospodovim dolaskom će očigledno živjeti u svjetlu i istini, i postaće dobro pripremljene osobe i Gospodove mlade. Zato će i dobiti krune po tome.

Apostola Pavla nisu nadvladale nijedno proganjanje ili nevolja, on je samo pokušavao da širi Božje kraljevstvo i ispuni Njegovu pravednost u svemu što je činio. On je svojim djelima i istrajnošću otkrio Božju slavu gdje god da je išao. Zbog toga je Bog pripremio krunu pravednosti za Apostola Pavla. I On će je dati svakome koji žudi za Gospodovim dolaskom kao on.

Biće ispunjena svaka želja u njihovim srcima

Ono šta vam je bilo na umu na ovoj zemlji, ono što ste voljeli da radite ali ste se odrekli radi Gospoda – Bog će vam vratiti sve ove stvari kao lijepe nagrade u Novom Jerusalimu.

Zato, kuće u Novom Jerusalimu imaju sve što želite da imaju, tako da možete da radite sve što ste žejleli. Neke kuće imaju jezera tako da vlasnici mogu da idu na vožnju čemcem a neke imaju šume u kojima mogu da šetaju. Ljudi mogu i da uživaju u razgovorima sa svojim voljenima za stolom za čaj u uglu lijepe bašte. Ima kuća sa livadama prekrivenim travom i cvijećem, tako da ljudi mogu da šetaju ili pjevaju slavospjeve sa raznim pticama i lijepim životinjama.

Na ovaj način, Bog je na nebu stvorio sve što ste željeli da imate na ovoj zemlji bez da vam nedostaje jedan jedini objekt.

Koliko duboko ćete biti dirnuti kada vidite sve ove stvari koje vam je Bog obezbjedio sa velikom pažnjom?

U stvari, imati mogućnost da uđete u Novi Jerusalim samo po sebi je izvor velike radosti. Vi ćete živjeti u nepromjenjenoj sreći, slavi i ljepoti zauvjek. Vi ćete biti puni radosti i uzbuđenja kada pogledate na zemlju, kada pogledate na nebo, ili bilo gdje da pogledate.

Ljudi se osjećaju mirno, udobno i bezbjedno samim boravkom u Novom Jerusalimu, zato što ga je Bog napravio za Svoju djecu koju iskreno voli, i svaki ugao je ispunjen Njegovom ljubavlju.

Tako da u svemu što radite – da li šetate, odmarate, igrate se, jedete ili pričate sa drugim ljudima – vi ćete biti ispunjeni srećom i radošću. Drveće, cvijeće, trava, čak i životinje su umiljate, i vi ćete osjetiti slavu sa divljenjem od zidova zamka, ukrasa i kućne opreme.

U Novom Jerusalimu, ljubav za Boga Oca je kao fontana i vi ćete biti ispunjeni beskonačnom srećom, zahvalnošću i radošću.

Vidjeti Boga licem u lice

U Novom Jerusalimu, gdje je najveći nivo slave, ljepote i sreće, možete da sretnete Boga licem u lice i šetate sa Gospodom, i možete da živite sa vašim voljenima za sva vremena.

Takođe će vas obožavati ne samo anđeli i nebeska vojska, već i svi ljudi na nebu. Šta više, vaši lični anđeli će vam služiti kao da služe kralju, ispunjavajući savršeno sve vaše želje i potrebe. Ako želite da letite nebom, vaš lični oblak automobil će doći i staće ispred vaših nogu. Odmah kako uđete u oblak automobil, vi možete da letite po nebu koliko god želite, ili možete da ga vozite po tlu.

Tako da ako uđete u Novi Jerusalim, vi možete da vidite Boga licem i lice, živite sa vašim voljenima vječno, i sve vaše želje će vam odmah biti ispunjene. Vi možete da imate sve što poželite, i bićete tretirani kao princ ili princeza iz bajke.

Učestvovati na banketima u Novom Jerusalimu

U Novom Jerusalimu, uvjek ima banketa. Ponekad Otac pravi bankete, ili ponekad Gospod ili Sveti Duh to rade. Vi veoma dobro možete da osjetite radost nebeskog života kroz ove bankete. Jednim pogledom možete da osjetite izobilje, slobodu, ljepotu i radost na ovim banketima.

Kada učestvujete na banketima koje održava Otac, vi ćete obući najljepše odijelo i dekoraciju, ješćete i piti najbolju hranu i piće. Vi ćete takođe uživati u čarobnoj i lijepoj muzici, slavopoju i plesovima. Možete da gledate anđele koji plešu, ili ponekad možete i sami da igrate da udovoljite Bogu.

Anđeli su mnogo bolji i savršeniji u tehnici, ali Bog je zadovoljniji aromom Svoje djece koja poznaje Njegovo srce i voli Ga iz svojih srca.

Oni koji su služili na službama bogosluženja Bogu na ovoj zemlji će takođe služiti na tim banketima da ih učine još radosnijim, a oni koji su hvalili Boga slavopojnom pjesmom, plesom i sviranjem će raditi isto na nebeskim banketima.

Vi ćete obući mekanu, raskošnu haljinu sa mnogo šara, prelijepu krunu, i ukrase od dragog kamenja sa tako sjajnim svjetlom. Takođe ćete se pri dolasku na bankete voziti u oblak automobilu ili u zlatnom vagonu praćeni anđelima. Zar vaše srce ne lupa od radosti i u iščekivanju pri samoj pomisli na sve ovo?

Festival krstarenja na moru od stakla

Na prelijepom nebeskom moru pliva tijelo čiste i bistre vode koje je kao kristal bez ijedne mrlje ili tačke. Voda plavog mora ima nežne talase na povetarcu i sjajno sija. Mnogo vrsta riba pliva u vodi koja je tako prozračna, i kada im ljudi priđu, oni im požele dobrodošlicu pomjeranjem peraja i iskazuju svoju ljubav.

Takođe, šareni korali grupišu i njišu. Svaki put kada se pomjere, oni daju svjetlost ovih lijepih boja. Koliko je čudesan ovaj prizor! Ima mnogo malih ostrva na moru, i izgledaju božanstveno. Šta više, brodovi za krstarenje kao „Titanik" jedre okolo, a na palubama brodova su takođe banketi.

Ovi brodovi su opremljeni svom opremom uključujući udoban smještaj, prostor za kuglanje, bazene za kupanje i balske dvorane, tako da ljudi mogu da uživaju u čemu god žele.

Biće velika radost samo zamisliti sve festivale na ovim brodovima, koji su još veći i ljepše dekorisani od bilo kog luksuznog broda na ovoj zemlji, sa Gospodom i sa voljenima.

2. Kakvi ljudi idu u Novi Jerusalim?

Oni koji imaju vjeru zlata, koji žude za Gospodovim dolaskom i koji spremaju sebe kao mlade Gospodove će ući u Novi Jerusalim. Onda, kakva osobe treba da budete kako bi ušli u Novi Jerusalim koji je čist i lijep kao kristal i pun Božje milosti?

Ljudi sa vjerom da udovolje Bogu

Novi Jerusalim je mjesto za one koji su na petom nivou vjere – one koji ne samo da su potpuno posvetili svoja srca već su bili i vjerni u cijeloj Božjoj kući.

Vjera koja udovoljava Bogu je vrsta vjere sa kojom je Bog potpuno zadovoljan tako da On želi da ispuni zahtjeve i želje Svoje djece prije nego što traže.

Kako, onda, vi možete da udovoljite Bogu? Daću vam jedan primjer. Recimo da se otac vratio kući sa posla, i kaže svojoj dvojici sinova da je žedan. Prvi sin, koji zna da njegov otac voli mineralnu vodu, donosi čašu sa Koka-kolom ili Sprajtom za oca. Takođe, on masira svog oca kako bi mu ugodio čak iako otac nije to tražio.

Sa druge strane, drugi sin samo donosi čašu vode ocu i odlazi nazad u svoju sobu. Sada, koji od dvojice sinova može da ugodi ocu više, razumeći očevo srce?

Umjesto sina koji je samo doneo čašu vode da jednostavno posluša očevu riječ, otac mora da je bio zadovoljniji sinom koji mu je doneo čašu Koka-kole i izmasirao ga iako to nije tražio.

Na isti način, razlika između onih koji uđu u Treće kraljevstvo i Novi Jerusalim leži u granici do koje su ljudi udovoljili srcu Boga Oca i bili vjerni u skladu sa Očevom voljom.

Ljudi sa cijelim duhom i srcem Gospoda

Oni koji imaju vjeru koja udovoljava Bogu ispunjavaju svoja srca samo istinom, i vjerni su u cijeloj Božjoj kući. Biti vjeran u cijeloj Božjoj kući znači izvršavati dužnosti više nego što je očekivano da neko uradi sa vjerom Hrista Samog, koji se povinovao volji Boga sve do tačke smrti, ne mareći za sopstveni život.

Zato, oni koji su vjerni u cijeloj Božjoj kući ne čine djela njihovim umovima i mislima, već samo sa srcem Gospodnjim, duhovnim srcem. Apostol Pavle opisuje srce Gospoda Isusa u Poslanici Filipljanima 2:6-8.

> *[Isus Hrist], ako je i bio u obličju Božjem, nije se otimao da se uporedi s Bogom nego je ponizio Sam Sebe uzevši obličje sluge, postavši kao i drugi ljudi i na oči nađe se kao čovjek. Našavši se u obličju čovjeka, On je ponizio Sebe poslušan do same smrti, čak smrti na krstu.*

Za uzvrat, Bog Ga je podigao, dao je Mu ime nad svim imenima, postavio je Ga da sa slavom sedi sa desne strane Božjeg prijestolja, i dao je Mu vlast „Krala kraljeva" i „Gospoda gospodara."

Dakle, kao što je Isus učinio, vi morate biti sposobni da se bezuslovno povinujete Božjoj volji da imate vjeru da uđete u Novi Jerusalim. Tako da čovjek koji može da uđe u Novi Jerusalim mora da razumije čak i dubinu Božjeg srca. Ovakva osoba udovoljava Bogu zato što je vjeran sve do same smrti sledeći Božju volju.

Bog oplemenjuje Svoju djecu da ih povede da imaju vjeru kao zlato da bi mogli da uđu u Novi Jerusalim. Baš kao što rudar dugo ispire i filtrira tražeći zlato, Bog posmatra svoju djecu dok se menjaju u prelijepe duše i pere njihove grijehove svojom riječju. Kad god On naiđe na djecu koja imaju vjeru zlata, On se veseli nad svim Svojim bolima, agonijom, i tugom koje je podneo da postignu svrhu ljudske kultivacije.

Oni koji uđu u Novi Jerusalim su iskrena djeca Božja što su postala dužim čekanjem sve dok nisu promenila svoja srca u srce Gospodnje i ispunila cio duh. Oni su tako dragocijeni Bogu i On će ih veoma mnogo voljeti. Zbog toga Bog naglašava da: „*A sam Bog mira da posveti vas cijele u svačemu; i cio vaš duh i duša i tijelo da se sačuva bez krivice za dolazak Gospoda našeg Isusa Hrista*" (1. Poslanica Solunjanima 5:23, Nova verzija Biblije kralja Džejmsa).

Ljudi sa radošću ispunjavaju dužnosti mučeništva

Mučeništvo je kad neko preda svoj život. Dakle, to zahtjeva veliku odlučnost i požrtvovanost. Slava i olakšanje koje će neko primiti nakon što preda svoj život da ispuni Božju volju, na način na koji je Isus uradio, je van zamisli.

Naravno, svako ko uđe u Treće kraljevstvo ili Novi Jerusalim ima vjeru da postane mučenik, ali onaj koji stvarno postane mučenik dobija mnogo veću slavu. Ako niste u stanju da postanete mučenik, vi morate da imate srce mučenika, dostignete posvećenost, i potpuno ispunite svoje dužnosti da primite nagradu mučenika.

Bog mi je jednom otkrio slavu svještenika moje crkve koju će dobiti u Novom Jerusalimu kada jednom ispuni svoju dužnost mučeništva.

Kada dostigne nebo nakon što ispuni svoju dužnost, on će liti beskonačne suze kada pogleda svoju kuću iz zahvalnosti za

Božju ljubav. Na kapiji njegove kuće je toliko velika bašta sa mnogim vrstama cvijeća, drveća i drugih dekoracija. Od bašte pa prema glavnoj zgradi leži put od zlata, i cvijeće pjeva hvalospjeve dostignućima svog vlasnika i ugađa mu lijepim mirisima.

Šta više, ptice zlatnog perja daju svjetlost, a lijepo drveće stoji u bašti. Brojni anđeli, sve životinje, pa čak i ptice pjevaju hvalospjeve dostignuću mučeništva i dočekuju ga, i kada on hoda putem od cvijeća, njegova ljubav prema Gospodu postaje lijepi miris. On će neprestano priznavati svoju zahvalnost iz srca.

„Gospod me je zaista mnogo volio i dao mi je ovaj dragocijenu dužnost! Zbog toga ja mogu da ostanem u ljubavi Oca!“

Unutar kuće, mnogo vrijednog dragog kamenja ukrašava zidove, svjetlost kornelija crvenih kao krv i svjetlost safira su izvanredne. Kornelije pokazuju da je on ispunio entuzijazam da se odreknete života i strasne ljubavi, na način na koji je Apostol Pavle učinio. Safir predstavlja njegovu nepromjenljivo, čestito srce i valjanost da se pridržava istine sve do same smrti. To je sve u znak sjećanja na mučeništvo.

Na spoljnim zidovima je zapis napisan od Boga Lično. On navodi vremena vlasnikovih iskušenja, kada i kako je postao mučenik, i u kakvim je okolnostima on ispunio Božju volju. Kada ljudi sa vjerom postanu mučenici, oni hvale Boga ili ponekad izgovaraju riječi da Ga slave. Ovakve primjedbe su napisane na tom zidu. Zapis sija tako sjajno i da ste totalno impresionirani i puni sreće čitajući ga i gledajući svjetlo koje izlazi iz njega. Koliko impresivno to može da bude pošto je Bog, sama svjetlost, to napisao! Tako, ko god da posjeti njegovu kuću pokloniće se ispred ovih zapisa koje je napisao Lično Bog!

Na unutrašnjim zidovima dnevne sobe se nalazi mnogo ekrana sa mnogo vrsta freski. Slike objašnjavaju kako se ponašao od kako je prvi put sreo Gospoda – koliko mnogo je volio Gospoda, i koje vrste djela je učinio sa kakvim srcem u određeno vrijeme.

Takođe, u jednom uglu vrta ima mnogo sportske opreme koja je napravljena od čudesnih materijala i koja ima ukrase koji su nezamislivi na ovoj zemlji. Bog je to napravio kako bi mu udovoljio zato što je volio sport veoma mnogo, ali ga se odrekao zbog vjerske službe. Tegovi za vježbanje nisu napravljeni od nekog metala ili čelika kao na ovoj zemlji, već ih je napravio Bog sa posebnim ukrasima. Oni su kao skupocijeno drago kamenje koje lijepo sija. Nevjerovatno, oni drugačije teže u zavisnosti od osobe koja vježba sa njima. Ova oprema se ne koristi da čovjek ostane u formi, već se čuva kao suvenir i izvor udobnosti.

Kako će se on osjećati gledajući u sve ove stvari koje je Bog pripremio za njega? On je morao da se odrekne od svojih želja radi Gospoda ali sada njegovo srce je zadovoljeno, i on je tako zahvalan za ljubav Boga Oca.

On jednostavno ne može da prestane da zahvaljuje i slavi Boga sa suzama zato što je Božje nežno i brižno srce spremilo sve što je on ikad želio, ne izostavljajući ni najmanju želju u njegovom srcu.

Ljudi potpuno ujedinjeni sa Gospodom i Bogom

U Novom Jerusalimu, Bog mi je pokazao, postoji kuća koja je

velika kao veliki grad. To je tako nevjerovatno da nisam mogao a da ne budem iznenađen njenom veličinom, ljepotom i raskoši.

Ova velika kuća ima dvanaest kapija – po tri kapije na svakoj strani, sjevernoj, južnoj, istočnoj i zapadnoj. U sredini je veliki trospratni dvorac, ukrašen čistim zlatom i raznim vrstama dragog kamenja.

Na prvom spratu, nalazi se toliko velika sala da u njoj ne možete vidjeti s jednog kraja na drugi, i ima mnogo dnevnih soba. One se koriste za bankete ili kao mjesta za sastanke. Na drugom spratu su sobe za čuvanje i izlaganje kruna, odjeće i suvenira, a takođe i mjesta za prijem proroka. Treći sprat se isključivo koristi za sastajanje i djeljenje ljubavi sa Bogom.

Oko zamka su zidovi prekriveni cvijećem sa divnim mirisom. Rijeka vode života mirno teče oko zamka, a nad rijekom su mostovi u obliku luka ofarbani duginim bojama.

U vrtu mnoge vrste cvijeća, drveća i trave čine perfekciju ljepote. Na drugoj strani rijeke je ogromna neopisiva šuma.

Tu je i zabavni park sa mnogim vožnjama kao što su kristalni voz, Vikinški brod napravljen od zlata, i ostala oprema ukrašena dragim kamenjem. Oni odaju predivnu svjetlost kad god su u radu. Pored zabavnog parka je široki cvjetni put, a malo dalje od cvjetnog puta je livada gdje se životinje igraju okolo i mirno odmaraju kao ovozemaljske tropske ravnice.

Pored ovoga, ima mnogo kuća i zgrada koje su ukrašene mnogim vrstama dragog kamenja da sijaju lijepim i čudesnim svjetlima po čitavom području. Odmah do vrta je i vodopad, a iza brda je more po kome plove veliki brodovi za krstarenje poput „Titanika." Sve ovo je dio nečije kuće, tako da do sada možete da bar malo zamislite koliko je velika i široka ova kuća.

Ova kuća, koja je kao veliki grad, je turističko mjesto na nebu, i mami mnoge ljude ne samo iz Novog Jerusalima već i iz cijelog neba. Ljudi se zabavljaju i dijele ljubav Božju. Takođe, nebrojani anđeli služe vlasnika, vode brigu o zgradama i opremi, prate oblak automobil, i hvale Boga plesom i sviranjem muzičkih instrumenata. Sve je spremno za najveću sreću i udobnost.

Bog je pripremio ovu kuću zato što je vlasnik prevazišao sve vrste testova i iskušenja sa vjerom, nadom i ljubavlju, i poveo je mnogo ljudi ka putu spasenja sa riječju života i Božjom moći, voleći Boga prije i više nego bilo šta drugo.

Bog ljubavi sjeća se svih vaših napora i suza i uzvraća sve shodno sa onim šta ste učinili. I On želi da svi budu ujedinjeni sa Njim i Gospodom sa ljubavlju koja život daje i da postanete duhovni radnici i povedete nebrojane ljude ka putu spasenja.

Oni koji imaju vjeru koja ugađa Bogu mogu da budu ujedinjeni sa Njim i Gospodom kroz svoju ljubav koja život daje zato što oni ne samo da liče na Gospodovo srce i ispunjavaju cijeli duh, već takođe daju svoje živote da postanu mučenici. Ovi ljudi vole Boga i Gospoda iskreno. Čak i kada ne bi bilo neba, oni niti žale niti osjećaju da su na gubitku zbog onoga što su mogli da uzmu i da uživaju na ovoj zemlji. U svojim srcima su tako radosni i srećni da čine po Božjoj riječi i da rade za Gospoda.

Naravno, ljudi sa iskrenom vjerom žive u nadi za nagradama koje će im Gospod dati na nebu baš kao što je napisano u Poslanici Jevrejima 11:6: „*A bez vjere nije moguće ugoditi Bogu; jer onaj koji hoće da dođe k Bogu, valja da vjeruje da ima Bog i da plaća onima koji Ga traže.*"

Međutim, njima nije važno da li postoji nebo ili ne, ili da li ima nagrada ili ne zato što postoji nešto mnogo vrednije. Oni se osjećaju više nego srećno što će sresti Boga Oca i Gospoda, koga iskreno vole. Zato, ne sresti Oca Boga i Gospoda je mnogo nesrećnije i tužnije nego ne dobiti nagrade ili ne živjeti na nebu.

Oni koji pokazuju svoju besmrtnu ljubav za Boga i za Gospoda dajući svoje živote čak iako ne bi bilo radosnog nebeskog života, ujedinjeni su sa Ocem i sa Gospodom svojim mladoženjom kroz ljubav koja život daje. Koliko će biti velika slava i nagrade koje je Bog pripremio za njih!

Apostol Pavle, koji je žudio za Gospodovim dolaskom i nastojao je u Gospodovim djelima i poveo tako mnogo ljudi ka spasenju, priznao je sledeće:

> *Jer znam jamačno da ni smrt, ni život, ni anđeli, ni poglavarstva, ni sile, ni sadašnje, ni buduće, ni visina, ni dubina, ni druga kakva tvar može nas rastaviti od ljubavi Božije, koja je u Hristu Isusu, Gospodu našem* (Poslanica Rimljanima 8:38-39).

Novi Jerusalim je mjesto za Božju djecu koja su ujedinjena sa Bogom Ocem kroz ovu vrstu ljubavi. Novi Jerusalim, koji je tako divan i čist kao kristal, gdje će biti nezamisliva, preplavljujuća sreća i radost, je pripreman na ovaj način.

Bog Otac ljubavi želi da svi, ne samo budu spašeni već i da liče na Njegovu svetost i savršenost, tako da će doći u Novi Jerusalim.

Stoga, ja se molim u ime Gospoda da shvatite da Gospod

koji je otišao na nebo da pripremi smještaj za vas, se vraća uskoro i ispuniće cio duh i držaće vas nevine kako bi vi postali lijepa nevesta koja je sposobna da prizna: „Dođi uskoro, Gospode Isuse!“

Autor:

Dr. Džerok Li

Dr. Džerok Li je rođen u Muanu, Džeonam provinciji, Republika Koreja, 1943. god. U svojim dvadesetim, Dr. Li je sedam godina patio od mnoštva neizlečivih bolesti i iščekivao smrt bez nade za oporavak. Jednog dana u proljeće 1974. god, njegova sestra ga je odvela u crkvu i kad je kleknuo da se pomoli, Živi Bog ga je momentalno izliječio od svih bolesti.

Od trenutka kad je Dr. Li sreo živog Boga kroz to divno iskustvo, on je zavolio Boga svim svojim srcem i iskrenošću, a u 1978. god., je pozvan da bude sluga Božji. Molio se revnosno uz nebrojene molitve u postu kako bi mogao jasno da razumije volju Božju, u potpunosti je ispuni i posluša Riječ Božju. Godine1982. je osnovao Manmin centralnu crkvu u Seulu, Koreja i bezbrojna djela Božja uključujući čudesna iscijeljenja, znaci i čuda se dešavaju u njegovoj crkvi.

U 1986. god. Dr. Li je zaređen za pastora na godišnjem Zasjedanju Isusove Sungkjul crkve Koreje, i četiri godine kasnije u 1990.god. njegove propovijedi su počele da se emituju u Australiji, Rusiji, na Filipinima. U kratkom vremenskom periodu i mnogim drugim zemljama je bio dostupan preko Radio difuzne kompanije Daleki Istok, Azija radio difuzne kompanije i Vašingtonskog hrišćanskog radio sistema.

Tri godine kasnije, 1993.god., Manmin centralna crkva je izabrana za jednu od „Svjetskih top 50 crkava" od strane magazina *Hrišćanski Svijet (Christian World)* (SAD), a on je primio počasni doktorat bogoslovlja od Koledža hrišćanske vjere, Florida, SAD i 1996.god. iz Službe od Kingsvej teološke bogoslovije, Ajova, SAD.

Od 1993.god., dr. Li prednjači u svjetskoj evangelizaciji kroz mnogo inostranih pohoda u Tanzaniji, Argentini, Los Anđelesu, Baltimoru, Havajima i Nju Jorku u Sjedinjenim Američkim Državama, Ugandi, Japanu, Pakistanu, Keniji, Filipinima, Hondurasu, Indiji, Rusiji, Njemačkoj, Peruu, Demokratskoj Republici Kongo, Izraelu i Estoniji.

U 2002-oj godini bio je priznat od strane glavnih hrišćanskih novina kao „svijetski obnovitelj" zbog svojih moćnih službovanja u mnogim prekomorskim pohodima. Naročito njegov „Pohod u Njujork 2006. god."

održan u Medison skver gardenu (Madison Square Garden), najpoznatijoj areni na svijetu. Događaj je emitovan za 220 nacije a na njegovom „Ujedinjenom pohodu u Izrael 2009. god." održanom i Međunarodnom konvencionalnom centru (International Convention Center (ICC)) u Jerusalimu on je hrabro izjavio da je Isus Mesija i Spasitelj.

Njegove propovijedi emitovane su za 176 nacija putem satelita uključujući GCN TV i bio je svrstan kao jedan od „Top 10 najuticajnijih hrišćanskih vođa" 2009-e i 2010-e godine od strane popularnog Ruskog hrišćanskog časopisa *U Pobjedu (In Victory)* i novinske agencije *Hrišćanski Telegraf (Christian Telegraph*) za njegovu moćnu svješteničku službu TV emitovanja i njegove inostrane crkveno pastorske službe.

Od jul 2016.god., Manmin Centralna Crkva ima zajednicu od preko 120.000 članova. Postoji 10 000 ogranaka crkve širom planete uključujući 56 domaćih ogranaka crkve i do sad više od 102 misionara su opunomoćena u 23 zemlje, uključujući Sjedinjene Države, Rusiju, Njemačku, Kanadu, Japan, Kinu, Francusku, Indiju, Keniju i mnoge druge.

Do datuma ovog izdanja Dr. Li je napisao 105 knjige, uključujući bestselere: *Probanje Vječnog Života Prije Smrti, Moj Život Moja Vjera I i II, Poruka sa Krsta, Mjera Vjere, Raj I& II, Pakao,* i *Moć Božja.* Njegove knjige su prevedene na više od 76 jezika.

Njegove Hrišćanski rubrike se pojavljuju u Hankok Ilbo, JongAng dnevniku, Dong-A Ilbo, Hankyoreh Shinmun, Seul Šinmunu, Kjunghjang Šinmun, Korejski ekonomski dnevnik, Koreja glasnik, Šisa vijesti, i Hrišćanskoj štampi.

Dr. Li je trenutno na čelu mnogih misionarskih organizacija i udruženja U tu poziciju spadaju: Predsjedavajući, Ujedinjene svete crkve Isusa Hrista; stalni predsjednik, Udruženje svijetske hrišćanske preporodne službe; osnivač i predsjednik odbora, Globalna hrišćanska mreža (GCN); osnivač i član odbora, Mreža svjetskih hrišćanskih lekara (WCDN); i osnivač i član odbora, Manmin internacionalna bogoslovija (MIS).

Raj II

Poziv u Sveti grad Novi Jerusalim koji je usred ogromnih Nebesa gdje sija blistavo kao veoma vrijedni dragulji, i čijih je dvanaest kapija napravljeno od blistavih bisera.

Poruka sa Krsta

Moćna probuđujuća poruka za sve ljude koji su duhovno uspavani! U ovoj knjizi naći ćete razlog da je Isus jedini Spasitelj i iskrenu ljubav Božju.

Pakao

Iskrena poruka cijelom čovječanstvu od Boga, koji želi da čak ni jedna duša ne padne u dubine Pakla! Otkrićete nikad do sad otkriveni iskaz o okrutnoj stvarnosti Nižeg Hada i Pakla.

Duh, Duša i Tijelo I & II

Vodič koji nam daje duhovno objašnjenje duha, duše i tijela i pomaže nam da pronađemo kakvog „sebe" smo mi načinili da bi mogli da dobijemo moć da pobjedimo mrak i postanemo duhovna osoba.

Mjera Vjere

Kakvo mjesto stanovanja, kruna i nagrade su spremne za vas u raju? Ova knjiga obezbjeđuje mudrost i smjernice za vas da izmjerite vašu vjeru i gajite najbolju i najzreliju vjeru.

Probuđeni Izrael

Zašto Bog upire Svoje oči na Izrael od početka svijeta pa do današnjeg dana? Kakvo Njegovo proviđenje je spremljeno za Izrael u poslednjim danima, koji očekuje Mesiju?

Moj život, Moja Vjera I & II

Najmirisnija duhovna aroma izvučena iz života koji je cvjetao sa neuporedivom ljubavlju za Boga, u sred crnih talasa, hladnih okova i najdubljeg očaja

---

Moć Božja

Obavezno-pročitati, koja služi kao suštinski vodič po kojem čovjek može posjedovati pravu vjeru i iskusiti čudesnu moć Božju.

www.ingramcontent.com/pod-product-compliance
Lightning Source LLC
LaVergne TN
LVHW101940220826
846093LV00006B/67

* 9 7 9 1 1 2 6 3 0 1 3 4 8 *